Une femme de chambre à Arcady

Ralph Henry Barbour

Writat

Cette édition parue en 2023

ISBN : 9789358810820

Publié par
Writat
email : info@writat.com

JE.

L'eau claire de la petite rivière, dans laquelle les saules se reflétaient en frémissant, était peu profonde là où une petite barre de sable blanc argenté écartait les ondulations. Ainsi confiné, le ruisseau bouda un instant dans un bassin profond et translucide, puis, avec un brusque courant et un gargouillis, il traversa un rétrécissement miniature et tournoya autour des racines nues des saules.

<u>**LE RUISSEAU BOUDAIT DANS UNE PISCINE PROFONDE ET PELLUCIDE.**</u>

D'un rapide plongeon de la pagaie, Ethan guida le canoë au-delà de la barre menaçante. Une branche tombante lui balaya le visage avec une caresse tandis que l'embarcation gagnait les eaux calmes au-delà. Ici, comme si elle se repentait de son impatience, la rivière flânait et léchait un massif bol de granit, tirant de manière ludique les fougères ondulantes et jetant des gouttes scintillantes sur la mousse veloutée . À gauche, la lisière de la forêt qui, dans des commérages amicaux, avait suivi la petite rivière pendant un quart de mille, s'écartait là où un second ruisseau, à peine plus qu'un ruisseau, se jetait placidement dans le premier. Renforcée, la rivière s'élargit un peu et s'écoulait lentement, musicalement, sous les branches tombantes, tour à tour éclaboussées de soleil et d'ombre, jusqu'à disparaître au détour d'un lointain détour. Mais le canot ne le suivit pas. Au lieu de cela, il se balançait paresseusement près du bol, tandis que les ondulations se brisaient doucement sur ses côtés lisses.

Au tronc d'un vieux saule qui laissait tomber ses feuilles en automne sur le banc de sable blanc était clouée une planche grisâtre sur laquelle des lettres fanées indiquaient :

PROPRIÉTÉ PRIVÉE!

AUCUNE INFRACTION!

Ethan observa l'avertissement d'un air méditatif. Compte tenu de sa conduite ultérieure, créditons-lui de cette hésitation. Enfin, avec un léger sourire sur le visage, il tourna le nez du canot vers le petit ruisseau et tourna le dos au panneau.

À l'avoir observé, on aurait peine pu le croire capable de commettre délibérément le terrible crime d'intrusion. Il y avait quelque chose dans son beau visage qui trahissait l'honnêteté. Du moins, il eût été difficile de lui attribuer des méthodes sournoises ; il semblait plus facile de croire que s'il commettait un crime , ce serait d'une manière si superbement ouverte et si honnête qu'il lui enlèverait la moitié de son iniquité. Non pas qu'il y ait quoi que ce soit de beauté classique dans son visage. Ses yeux étaient d'une nuance de brun, son nez était peut-être un peu trop court pour atteindre l'étendard des Grecs, sa bouche, dégagée par aucune moustache, ne suggérait pas beaucoup l'arc d'Amour . Son menton était agressif. Pour le reste, il avait les cheveux habituels d'une nuance de brun assez courante et montrait, lorsqu'il riait, ce qui n'était pas rare, une série de dents très blanches et très capables. Et pourtant je réitère mon ancien adjectif ; il était beau ; beau d'une manière saine, franche, joyeuse et plutôt enfantine qui était éminemment satisfaisante.

Si le signe sur le vieux saule était correct et qu'il était réellement en infraction, je n'ai aucune excuse à proposer, ou du moins aucune que ma conscience me permette de suggérer. Je ne peux pas plaider son ignorance, pour la simple raison qu'il avait vu et lu le panneau et qu'il savait tout sur l'intrusion – ou tout ce qui lui était enseigné dans le cours de trois ans de la Harvard Law School, qu'il avait terminé il y a à peine quinze jours.

Pendant ce temps, il a envoyé le canoë tranquillement le long du chemin d'eau sinueux, plongeant la pagaie avec des mouvements d'épaules faciles et rythmés, poussant la pale vers l'arrière dans l'eau claire et la balançant, clignotante et dégoulinante, en arrière pour le coup suivant. Il avait jeté sa casquette de tissu léger au fond du canot et avait posé son manteau sur un banc. La lumière du soleil du matin d'été, oblique à travers les branches, tissait des motifs dorés qui disparaissaient rapidement sur ses cheveux bruns. La petite brise, juste un souffle du sud-ouest, parfumée de l'odeur de terre et de verdure humides et chauffées par le soleil, remuait la chemise blanche transparente qu'il portait et la posait en plis sous le bras levé.

Le ruisseau était plutôt peu profond ; partout le fond de galets était visible. C'était un ruisseau bizarre, plein de virages et de détours brusques ; contournant de minuscules promontoires d'aulnes et de bergers, plongeant dans des baies tranquilles où les chèvrefeuilles des buissons dégoulinaient de douceur de leurs entonnoirs jaune pâle , longeant des plages courbes de sable blanc où des armées debout de drapeaux violets se tenaient raides au garde-à-vous et retenaient l'invasion des gens avides et se balançant. fougère-canaille.

Il avait alors parcouru plusieurs centaines de mètres à contre-courant du courant lent, et maintenant il y avait un changement évident dans le feuillage bordant les berges, même dans les berges elles-mêmes. L'artifice avait aidé la nature. Des lys roses, blancs et jaunes parsemaient le ruisseau, tandis qu'à une petite distance un pont de pierre mince et gracieux s'arquait d'une rive à l'autre. Woodbine se rassembla autour et projeta des ombres de feuilles fraîches et tremblantes sur les pierres éclairées par le soleil. L'arche offrait une charmante vue sur le ruisseau au-delà. Le canoë glissa sans bruit sous le pont et la bande d'ombre se posa un instant avec reconnaissance sur le visage d'Ethan. Sur la gauche, il y avait une pause momentanée dans le feuillage et un bref aperçu d'une vaste étendue de gazon velouté. Puis un autre virage, le canot effleurant les larges feuilles de nénuphar, et la fin du voyage était arrivée, et, assis avec sa pagaie immobile, il regardait fasciné.

II.

Les rives du ruisseau s'effondrèrent brusquement de chaque côté et le canot glissa lentement et doucement dans un lac miniature. Il mesurait peut-être vingt mètres de diamètre à son endroit le plus large et bien plus que cela en longueur. Parfois, une branche très étendue projetait des ombres tremblantes sur l'eau, mais la plupart du temps, les arbres se tenaient en retrait du bord de la piscine et permettaient au gazon vert et frais de descendre sans entrave jusqu'au bord de l'eau. À l'endroit le plus éloigné de l'endroit où Ethan était entré, une petite cascade tombait. De tous côtés, le terrain s'inclinait légèrement vers le haut, et en un seul endroit un groupe de mélèzes couronnait le sommet d'une butte et mêlait leurs branches délicates bien au-dessus des érables voisins. Presque cachée parmi eux, une lueur blanche incertaine, aperçue par instants à travers les arbres à droite, suggérait un bâtiment quelconque - peut-être le temple de marbre de la divinité, qui, assise sur la rive, les pieds nus et chaussés de sandales croisées devant elle, observait le paysage. intrus avec une insouciance calme, rêveuse, presque souriante.

C'était une scène magnifique dans laquelle Ethan avait flotté. Au-dessus, il y avait un ciel bleu sur lequel quelques nuages blancs et doux pendaient, apparemment immobiles, comme si, comme Narcisse, ils étaient devenus amoureux de leurs reflets dans la piscine en contrebas. Sur un petit îlot de l'étang, des saules nains caressaient l'eau du bout de leurs branches pendantes. Plus loin, un trio de cygnes blancs prenaient le soleil, et sur le pourtour, le sein de la piscine était tapissé de nénuphars et étoilé d'une multitude de fleurs odorantes, blanches, roses, carmin, violet pâle, soufrées et bleues . . Les ailes de gaze des libellules captaient la lumière du soleil, les insectes planaient au-dessus des coupes de fleurs et dans les branches autour de nombreuses cantatrices à plumes chantaient de tout leur cœur. Et comme arrière-plan, il y avait toujours le vert varié des arbres qui l'entouraient.

Oui, c'était très beau, mais Ethan n'avait pas d'yeux pour ça. Avec sa pagaie toujours suspendue entre le plat-bord et l'eau, il regardait d'une manière à la fois la surprise, la curiosité et l'admiration pour la silhouette sur l'herbe. Et quelle merveille ? <u>Qui aurait pensé trouver une déesse grecque sous le ciel de la Nouvelle-Angleterre ?</u> Les pensées d'Ethan retournèrent à la mythologie et il chercha un nom pour elle. Diane? Minerve ? Vénus? Iris? Pénélope?

Et pendant tout ce temps – très peu de temps malgré ce qu'on disait – ses yeux allaient des pieds en sandales aux cheveux bruns chauds avec leurs filets dorés. Un seul vêtement d'un blanc éclatant s'étendait des pieds aux épaules où il était retenu de chaque côté par un fermoir métallique. Les bras étaient nus, jeunes et minces, brillants au soleil. Et pourtant, c'était vers les yeux que son regard revenait à chaque fois. "Minerve!" ses pensées triomphèrent, « 'Minerva, déesse aux yeux d'azur !' » Et pourtant, l'instant d'après, il sut que même si ses yeux étaient indéniablement bleus , elle n'était pas une Minerva sage. Une telle douceur juvénile appartenait plutôt à Iris ou à Daphné ou à Syrinx.

<u>QUI AURAIT PENSÉ TROUVER UNE DÉESSE GRECIENNE SOUS LE CIEL DE LA NOUVELLE-ANGLETERRE ?</u>

Et pendant tout ce temps, juste le peu de temps qu'il fallait au canoë pour glisser du ruisseau jusqu'à la piscine, elle le regardait tranquillement de ses yeux d'un bleu profond, ses bras nus, tendus vers l'herbe, la soutenant d'une manière ou d'une autre . attitude suggérant un décubitus récent. Et maintenant, alors que l'engin écartait les nénuphars, elle parla.

« Ne craignez-vous pas le ressentiment des dieux ? » demanda-t-elle gravement. "Il n'est pas sage qu'un mortel nous regarde."

«J'implore ta miséricorde, ô belle déesse», répondit-il. « C'est plutôt la faute de ma petite argosy qui, poussée par des mains invisibles, m'a amené ici. Je ne doute pas que les dieux m'enchantent. Il se tapota mentalement le dos ; ce n'était pas si mal pour un impromptu !

Elle se pencha en avant et enfonça son menton dans la coupe d'une petite main, le regardant attentivement comme si elle réfléchissait à ses paroles.

«C'est peut-être le cas», répondit-elle sur-le-champ. « Comment appelles-tu ton frêle vaisseau ? »

"A partir de cette heure, Bonne Fortune." Son regard baissa.

« Daignez-vous me dire votre nom, ô radieuse déesse ? il a continué. Elle leva de nouveau les yeux et il crut qu'un petit sourire jouait un instant sur ses lèvres rouges.

«Je suis Clytie», répondit-elle, «une nymphe des eaux. J'habite dans cette piscine. Et toi, comment t'appelles-tu ?

Il répondit volontiers et gravement : « Je suis Vertumnus, ainsi vêtu d'une apparence mortelle pour pouvoir gagner la présence de Pomona. Je l'ai courtisée depuis longtemps, ô Nymphe de la Piscine.

«Moi aussi, j'aime sans contrepartie», répondit-elle tristement. « Apollo a mon cœur. Bien que jour après jour je le regarde conduire son char de feu à travers les cieux, il ne me voit pas.

Elle se leva et tourna son visage vers le soleil. <u>Lentement, elle leva ses bras blancs</u> et les étendit dans un appel tragique.

<u>LENTEMENT, ELLE LEVAIT SES BRAS BLANCS.</u>

"Apollon!" elle a pleuré. "Apollon! Entends moi! Clytie vous appelle ! »

Une telle passion de nostalgie mélancolique s'exprimait dans sa voix qu'Ethan frémissait malgré lui. Inconsciemment, son regard suivit le sien jusqu'à l'orbe flamboyant. La lumière éblouit ses yeux et l'aveugla un instant. Lorsqu'il regarda de nouveau vers la berge, elle était vide, mais entre les arbres, le long de la pente, un vêtement blanc flottait et se perdait de vue.

« Clytie ! » » appela-t-il soudain consterné. Et encore.

« Clytie ! »

Une grive des bois dans un arbre voisin éclata dans une mélodie dorée. Mais Clytie ne répondit pas.

III.

Le Roadside Inn de Riverdell s'étend sur toute sa longueur le long de l'ancienne route postale sur laquelle, il y a de nombreuses années, les autocars se balançaient et vacillaient entre New York et Boston. Le Roadside, connu à l'époque sous le nom de Peppit's Tavern, a peu changé. La pièce de devant, au-dessus du porche, a accueilli des invités notables : Washington, Hancock, Adams, Lafayette et bien d'autres. Sur les fenêtres des bars, vous trouverez peut-être encore les initiales gravées en diamant de célébrités d'autrefois. Et une grande partie de l'atmosphère d'antan demeure.

La pièce dans laquelle Ethan avait emmené son sac après son retour de son aventure à Arcady était basse et sombre. Les deux petites fenêtres, l'une donnant sur le verger délabré à l'arrière et la petite rivière au-delà, l'autre révélant les profondeurs murmurantes d'un gros orme, apportaient peu de lumière. Le sol était délicieusement inégal ; Ethan descendit jusqu'au lavabo et remonta jusqu'au vieux bureau en acajou. La large cheminée abritait une paire de chenets antiques convoités par de nombreux visiteurs, et l'étroite étagère au-dessus était ornée d'un chandelier en laiton tout aussi désirable et de deux vases en verre blanc opaque qui, aussi anciens soient-ils, sont postdatés à l'étagère. lui-même d'un demi-siècle. Le lit, en acajou, avec pied de lit roulant, avait fait des concessions à la modernité. Les piquets sur le côté, à partir desquels les cordes étaient autrefois tendues, sont restés, mais un ressort en fil de fer et un matelas à poils modernes ont remplacé les meubles anciens.

Ethan alluma une cigarette, détacha son sac et en sortit un portefeuille en cuir. Avec ceci sur son genou, il s'assit à l'une des fenêtres ouvertes et griffonna une note.

« Cher Vin, j'envoie mon homme Farrell vers vous avec la machine avec ordre de la mettre à votre disposition. Faites-en l'usage que vous pouvez. Je pense que tout va bien maintenant, même si cela s'est retourné contre nous ce matin à environ trois kilomètres au nord d'ici. C'est un drôle d'endroit pour que ça s'effondre, n'est-ce pas ? on dirait que cela signifiait que je devais rendre visite ici, hein ? Eh bien, je l'accepte. J'ai décidé de rester ici un jour ou deux au bord de la route. Je veux rafraîchir un peu la mythologie. Sujet très intéressant, mythologie, Vin. Je ne peux pas encore dire quand je suivrai la machine ; peut-être dans un jour ou deux. Présente mes excuses à ta mère et à tes sœurs ; inventez n'importe quelle vieille histoire que vous aimez. On pourrait dire, par exemple, que Vertumne, dieu inconstant, a transféré ses affections de Pomona à une nymphe des eaux. Mais vous n'en avez pas besoin si vous préférez ne pas le faire. Je me fiche de ce que tu dis. Attends-moi quand tu me verras.

"Le vôtre,

" ÉTHAN ."

Avec un sourire en pensant à la perplexité de son ami à la lecture de la note, Ethan la plia et la glissa dans une enveloppe. Puis l'adressant à « M. Vincent Graves, The Boulders, Stillhaven , Massachusetts », il l'a scellé, l'a laissé tomber dans sa poche et est descendu pour dîner.

Après le dîner, une grosse voiture de tourisme bleue roulait vers le sud le long de la route ombragée, avec Farrell au volant et le mot d'Ethan dans la poche de Farrell. Ethan le regarda disparaître. Puis, attirant une chaise au bord du porche, il s'y installa, posa ses talons sur la balustrade, fourra ses mains dans ses poches et se demanda avec un sourire perplexe pourquoi il avait fait cela.

IV.

L'herbe poussait haute et luxuriante sous les vieux pommiers noueux à l'arrière de l'auberge, et le sentier épars qui menait au débarcadère n'avait un chemin que de nom. Au moment où il atteignit la rivière, les chaussures blanches immaculées d'Ethan étaient couleur d'ardoise à cause de la rosée. Le canot reposait sur deux perches posées aux entrejambes des pommiers qui surplombaient le ruisseau. Ethan le souleva et le laissa tomber dans l'eau. Avec une pagaie à la main , il entra et s'éloigna vers l'aval.

Sur sa gauche, le verger et le jardin de l'auberge marchaient avec lui pendant un certain temps, laissant enfin place à un coin de forêt. Sur sa droite, entre les saules tordus, s'étendait une vue agréable sur les prairies et les champs labourés au premier plan, et, au-delà, les collines légèrement montantes, boisées sauf là où, à la base, les prairies envahissantes s'élevaient et descendaient. Quelques fermes à l'air endormi étaient nichées à mi-distance et le léger *vrombissement* d'une faucheuse flottait à travers les prairies. Dans les hautes herbes, les marguerites étaient parsemées aussi abondamment que les étoiles de la Voie lactée, et les renoncules tendaient leurs minuscules bols dorés au-dessus des panaches pendants de la fléole des prés, de la sétaire et de la fétuque. L'herbe aux yeux bleus aussi était toute fleurie, comme des miniatures des drapeaux bleus qui se rassemblaient partout où les crues printanières avaient inondé les prairies.

Le banc de sable apparut et la petite rivière commença à s'agiter et à s'inquiéter alors qu'elle se rassemblait pour ce qu'elle croyait sans doute être une ruée impressionnante. Le canot se balançait gracieusement dans les rapides et se balançait dans la piscine en contrebas. Ethan fit un clin d'œil sobre au panneau sur le saule et trempa de nouveau sa pagaie. Le canot traversait le courant paresseux du ruisseau.

C'était un jour comme hier. La petite brise remuait les joncs le long des berges et apportait des odeurs de chèvrefeuille. Des nuages blancs et pelucheux semblaient flotter sur les étendues sans ombre du ruisseau. D'un côté, un soudain flou rose foncé marquait l'endroit où fleurissait une azalée sauvage . Encore une fois, un aperçu de blanc montra une viorne parsemant le sol de ses petites fleurs. Des fougères cannelle poussaient dans les airs leurs « têtes de violon » en bronze pâle. De temps en temps, un lis des bois affichait une floraison tardive. Près du pont de pierre, un martin-pêcheur s'élança vers le ruisseau, brisa sa surface en embruns argentés et s'éleva sur une aile lourde.

Une fois passé le pont et avec seulement un seul détour du ruisseau entre lui et la piscine aux lotus, Ethan traîna sa pagaie pendant un moment pendant qu'il se demandait s'il s'attendait vraiment à trouver la jeune fille qui l'attendait. Bien sûr que non, seulement… eh bien, il y avait juste une chance… ! Absurdité; il n'y avait pas l'ombre d'une chance ! Oh très bien; au moins, il n'y avait aucun mal à pagayer jusqu'à la piscine aux lotus – à moins qu'il ne soit en infraction ! Il sourit à cela. Il en sourit plusieurs fois, pour une raison ou une autre. Puis il replongea sa pagaie et envoya la « Bonne Fortune » glisser rapidement sur l'eau ensoleillée de l'étang. Et quand il regarda là , elle était assise sur la berge, exactement comme – et il s'en rendait compte maintenant – il s'était toujours attendu à ce qu'elle le soit !

Mais ce n'était pas Clytie qu'il voyait ; pas à moins que les modes aient considérablement changé et que les nymphes des eaux puissent porter avec une parfaite convenance des tailleurs blancs et des chaussures beiges. Ce n'était pas impossible, pensa-t-il ; malgré tout ce qu'il savait du contraire, le numéro de juillet du Goddesses' Home Journal – sans doute édité par Minerva – pourrait prescrire de tels vêtements pour une tenue informelle du matin. Quoi qu'il en soit, étant moins *bizarre* que le basque fluide d'hier, Ethan – dont les goûts vestimentaires étaient tout à fait orthodoxes – l'aimait bien mieux. L'effet était également très différent. Hier, elle aurait pu être Clytie ; aujourd'hui, la raison s'oppose à une telle possibilité ; c'était une jeune femme d'apparence très moderne et extrêmement charmante, âgée apparemment de vingt ou vingt et un ans, avec un visage, actuellement vu de profil, plus piquant que beau. Le nez était petit et délicat, la bouche, sous une lèvre courte, avait la moindre moue et le menton était doucement rond et sensible. Ce matin, elle portait ses cheveux en pompadour, tandis qu'à l'arrière, les tresses épaisses partaient bas sur son cou et s'enroulaient encore et encore d'une manière parfaitement délicieuse et absolument déroutante. Ethan aimait énormément ses cheveux. Il était marron clair, avec des tons cuivrés où la lumière du soleil s'enchevêtrait. Elle était assise sur la berge en pente, les mains jointes sur ses genoux et son regard tourné rêveusement vers la cascade qui scintillait et tintait à la courbe supérieure du bassin. Comme le canot n'avait fait presque aucun bruit à son approche, elle ignorait bien sûr la présence d'Ethan. Et pourtant, il peut être mentionné comme un fait intéressant, quoique sans importance, que pendant qu'il la regardait pendant une demi-minute, une teinte rose, sans qu'il l'ait remarqué, s'est glissée dans ses joues. Il posa doucement sa pagaie sur le canoë et…

« Salutations, ô Clytie ! il a dit.

Elle se tourna vers lui avec surprise . Un petit sourire frémit sur ses lèvres.

"Bonjour, Vertumnus," répondit-elle. Peut-être que son regard montrait un peu trop d'intérêt, car au bout d'un bref instant le sien s'éloigna. Il ramassa la pagaie et rapprocha le canoë du rivage.

« Je suis très heureux de constater que vous n'avez pas encore pris racine, » dit-il gravement.

« Pris racine ? » répéta-t-elle vaguement.

« Oui, car tel était votre destin à la fin, n'est-ce pas ? Si je ne me trompe pas, vous êtes restés assis pendant des jours par terre, subsistant de vos larmes et regardant le soleil traverser les cieux, jusqu'à ce qu'enfin vos membres s'enracinent dans le sol et que vous vous transformiez naturellement en tournesol. Du moins, c'est ainsi que je m'en souviens.

"Oh, mais tu ne devrais pas me dire quel sera mon destin," répondit-elle en souriant.

« Les avant-bras sont prévenus ; non, je veux dire l'inverse ! il a répondu. « Peut-être que si vous continuez à bouger, vous échapperez à ce sort. Ce serait terriblement inconfortable, devrais-je dire ! En plus, pardonnez-moi si cela semble impoli, les tournesols sont des choses tellement peu attrayantes, vous ne trouvez pas ? »

« Oui, j'en ai bien peur. Le sort de Daphné, de Lotis ou de Syrinx serait bien meilleur.

"Que leur est-il arrivé, s'il vous plaît?"

« Eh bien, Daphné a été changée en laurier ; As-tu oublié?"

"Non, mais qu'en est-il des autres dames?"

« Lotis devint un lotus et Syrinx un bouquet de roseaux. Pan en rassembla quelques-uns et se fabriqua lui-même des pipes pour jouer.

« 'Pauvre nymphe !—Pauvre Pan !—comme il a pleuré pour ne trouver Rien d'autre qu'un charmant soupir du vent Le long du ruisseau de roseaux ; une tension à moitié entendue Pleine de douce désolation – de douce douleur.

"Shelley, pour un dollar", dit-il d'un ton interrogateur.

Elle secoua la tête en souriant. "Keats", corrigea-t-elle.

"Oh, j'ai un moyen de les mélanger, ces deux types." Il fit une pause. "Savez-vous que cela semble étrange de nos jours d'entendre quelqu'un citer de la poésie ?"

« Je suppose que oui ; J'ose dire que cela semble très idiot.

"Même pas un peu! J'aime ça! J'aimerais pouvoir le faire moi-même. Mais tout ce que je sais, c'est

« « Lady Jane était grande et mince, Lady Jane était blonde, et Sir Thomas, monseigneur, était gros , mais son souffle était court, et… »

et ainsi de suite. J'avais l'habitude de réciter ça à l'école quand j'étais jeune ; je le savais depuis le début ; et je pense qu'il y avait cinq ou six pages. J'en étais assez fier et j'avais l'habitude de me tenir sur la plate-forme le samedi matin et de la galoper. Je pense que l'humour m'a séduit.

"Ça a dû être délicieux!" elle a ri. "Mais vous n'avez même pas tout à fait raison !"

« N'est-ce pas ? J'ose dire."

"Non, Sir Thomas était *son* seigneur, pas *mon* seigneur, et c'était sa toux qui était courte au lieu de son souffle."

"Cela montre que ma mémoire fait enfin défaut", répondit-il. "Mais, dis-moi, connais-tu tous les morceaux de poésie jamais écrits ?"

« Non, pas tellement. Mais il se trouve que je m'en souviens. En outre, nous, habitants de l'Olympe, avons bien plus de respect pour la poésie que vous, les mortels.

"Vous oubliez que je suis Vertumnus", répondit-il hautain.

"Bien sûr! Et ça aussi, tu m'as intrigué hier. J'ai dû rentrer chez moi et chercher un dictionnaire de mythologie pour voir qui était Vertumnus.

« Je… j'espère que vous l'avez trouvé assez respectable ? » Il a demandé. « À vrai dire, je ne me souviens pas grand-chose de lui moi-même ; et certains de ces vieux types étaient... eh bien, un peu rapides.

« Vertumnus était tout à fait respectable », répondit-elle. « En fait, il était plutôt cher, vu la façon dont il s'est battu pour gagner Pomona. Je ne me suis jamais vraiment souciée de Pomona », a-t-elle ajouté franchement.

«Je… je ne l'ai jamais très bien connue», répondit-il négligemment.

"Je pense qu'elle était un bâton."

« Vous oubliez, dit-il doucement, que vous parlez de la dame de mes affections.

"Oh, je suis vraiment désolé!" s'écria-t-elle avec contrition. "S'il te plaît, pardonne-moi!"

"Si vous me laissez fumer une cigarette."

"Pourquoi pas? Étant donné que je suis à terre et vous sur l'eau, cela ne semble guère nécessaire… »

"Eh bien, bien sûr, c'est votre propre piscine privée", dit-il. "Je pensais que les nymphes s'opposaient peut-être à l'odeur de la fumée de cigarette autour de leurs habitations."

"Ça ne dérange pas cette nymphe", répondit-elle.

Il sortit très tranquillement une cigarette de son étui. Il avait eu plusieurs occasions de voir ses yeux et se demandait s'ils étaient vraiment de la couleur qu'ils semblaient avoir. Il avait pensé hier qu'ils étaient bleus, comme le ciel, ou un drapeau de Yale ou—ou l'océan en octobre ; bref juste *du bleu* . Mais aujourd'hui, vus à une distance d'une quinzaine de pieds et examinés avec soin, ils semblaient d'une teinte tout à fait différente, un—un violet, ou—ou un mauve. Il n'était pas sûr de ce qu'était le mauve, mais il pensait que cela pouvait être la couleur de ses yeux. Quoi qu'il en soit, ils n'étaient pas seulement bleus ; c'était quelque chose de tout à fait différent, de bien plus merveilleux et d'infiniment plus beau. Il regarderait à nouveau dès qu'il aurait allumé la cigarette, et…

« Avez-vous été surpris de me trouver ici ce matin ? » demanda-t-elle soudain. Il n'y avait aucune trace de coquetterie dans son ton et il étouffa la première réponse qui lui venait.

"Je… non, je ne l'étais pas… pour une raison quelconque," répondit-il honnêtement. "J'ose dire que j'aurais dû l'être."

«Je suis venue exprès pour te rencontrer», dit-elle calmement.

"Euh… merci… c'est…!"

«Je voulais expliquer ce qui s'était passé hier. Vous voyez, je ne voulais pas que vous pensiez que j'étais simplement fou. Il y avait… une méthode dans ma folie.

"Mais je ne pensais pas que tu étais fou", nia-t-il en déposant soigneusement l'allumette brûlée sur un nénuphar et en levant son regard vers le sien. "Je pensais que--"

"Oui, continue", a-t-elle incité. « Dis-moi ce que tu as pensé quand tu m'as trouvé ici dans cette… cette *chose* ! »

"Je pensais que j'étais en Arcadie et que tu étais exactement ce que tu disais être, une nymphe des eaux."

"Oh," murmura-t-elle déçue; "Je pensais que tu allais vraiment me dire la vérité."

"Je vais ensuite. Franchement, je ne savais pas quoi penser. Vous avez dit que vous étiez Clytie, et loin de moi l'idée de remettre en question la parole d'une dame. J'étais perplexe. J'ai essayé de trouver une solution hier après-midi, mais je n'y suis pas parvenu. Je suis donc revenu aujourd'hui dans l'espoir d'avoir la chance de vous revoir.

"C'était plutôt idiot", répondit-elle. « Et j'aurais dû m'enfuir quand j'ai vu arriver votre canot. Mais c'était tellement inattendu et soudain, et je m'ennuyais et… et je me demandais à quoi tu ressemblerais quand je te dirais que j'étais une nymphe des eaux ! Elle rit doucement. « Seulement, reprit-elle aussitôt avec un ton de rancune, vous n'aviez pas du tout l'air surpris ! J'aurais tout aussi bien pu dire « Je m'appelle Mary Smith » ou… ou « Laura Devereux ! »

("Aha!", se dit Ethan, "J'apprends.")

"Vous avez été très décevant", conclut-elle sévèrement.

« Je suis vraiment désolé. Je réalise maintenant que j'aurais dû faire preuve d'étonnement et de respect. Peut-être que si vous aviez dit que vous étiez Laura – Laura Devereux, n'est- ce pas ? – j'aurais vraiment montré une certaine émotion.

"Pourquoi?" elle a interrogé.

"Eh bien, tu ne penses pas que… Laura, maintenant, est… j'ai bien peur de ne pas pouvoir l'expliquer." Il la regardait attentivement. Elle étudiait ses mains jointes. « Je suppose que ce que je voulais dire, c'est que Laura est un nom si attrayant, si… si musical, si mélodieux ! Et puis couplé avec Devereux, c'est encore… encore… euh… encore plus !

"Est-ce que c'est?" Elle ne le regarda pas et son ton était presque glacial.

(« J'imagine que ça va te retenir un moment », se dit-il. « Mon garçon, tu as tendance à être un peu trop frais ; arrête ça ! »)

"Je n'ai jamais trouvé Laura particulièrement mélodieuse", a-t-elle déclaré.

« Peut-être avez-vous des préjugés », suggéra-t-il aimablement.

"Pourquoi serais-je?" » demanda-t-elle en l'observant calmement. Il hésita et prêta beaucoup d'attention à sa cigarette.

"Oh, aucune raison, je suppose," répondit-il finalement. Il leva les yeux à temps pour surprendre un petit sourire moqueur dans ses yeux. Absurdité! Il lui montrerait qu'elle ne pouvait pas le bluffer comme ça ! « Pour être honnête », a-t-il poursuivi, « ce que je voulais dire, c'est que certaines personnes n'aiment pas leur propre nom ; auquel cas ils ne sont guère des juges impartiaux. Il la regarda avec défi. Elle lui rendit son regard sereinement.

" Alors tu penses que c'est mon nom?" elle a demandé.

"N'est-ce pas?"

"Je ne vois pas pourquoi tu devrais penser cela," para-t-elle. « J'aurais peut-être trouvé cela dans un roman. Je suis sûr que cela ressemble à un nom tiré d'un roman.

« Mais vous ne l'avez pas nié », a-t-il insisté.

"Je n'en ai pas l'intention," répondit-elle, le petit sourire alléchant frémissant à nouveau aux coins de sa bouche. "D'ailleurs, je vous ai déjà dit que je m'appelle Clytie."

Il jeta les restes de sa cigarette vers l'endroit où l'un des cygnes pagayait. Le long cou se tordait comme un serpent et le bec disparut sous l'eau. Puis, avec un air insulté et un coup de queue colérique, le cygne tourna le dos à Ethan et retourna précipitamment vers sa famille.

«Je comprends», dit-il. "J'essaierai désormais de ne pas oublier que nous sommes Arcadia, que tu es Clytie et que je suis Vertumnus."

« Merci, Vertumnus », dit-elle. « Et maintenant, je dois vous dire ce que je suis venu vous dire ici. Vous devez savoir, monsieur, que je n'ai pas l'habitude de m'asseoir sur l'herbe en plein jour, habillé comme je l'étais hier. Si je le faisais, je devrais probablement attraper froid. Hier matin, nous - un ami et moi - nous sommes habillés en costume et nous nous sommes pris en photo là-haut sous les arbres. Ensuite, j'ai eu envie de venir ici et de faire semblant. Et puis vous êtes entré en scène tout d'un coup.

"Je vois. Très impoli de ma part, j'en suis sûr. Bien sûr, comme nous sommes en Arcadie, et que tu es une nymphe et moi un—un dieu, je ne comprends pas du tout de quoi tu parles ; mais j'aimerais *voir* ces photos !

"J'ai bien peur que tu ne le fasses jamais", rit-elle.

« Je n'en suis pas si sûr, » dit-il pensivement. "Des choses étranges se produisent à... Arcady."

« N'avez-vous pas été le moins du monde surpris lorsque vous m'avez vu ? Et quand j'ai… agi de manière si stupide ?

« Je l'étais certainement ! En réalité, pendant un moment, surtout après votre départ, j'ai eu un peu tendance à croire que j'avais rêvé. Vous l'avez plutôt bien fait, vous savez, ajouta-t-il avec admiration.

"Ai-je?" Elle semblait contente. « Cela n'a-t-il pas semblé terriblement stupide lorsque j'ai dit cela à propos d'Apollo ?

"Pas du tout! Je—je m'attendais à moitié à ce que le soleil fasse quelque chose lorsque vous levez la main vers lui ; Je ne sais pas exactement quoi ; un clin d'œil, peut-être, ou une éclipse.

« Vous vous moquez de moi ! » dit-elle tristement.

« Mais je ne le suis pas, vraiment ! Cependant, je ne pense pas que vous ayez très bien traité votre public. M'offrir un store et m'enfuir ensuite n'était pas gentil. Quand j'ai regardé autour de toi, tu avais tout simplement disparu, comme par magie, et je... » il frissonna inconfortablement – « Je me suis senti un peu drôle pendant un moment.

"Vraiment?" Elle rayonnait positivement sur lui, et Ethan sentit une soudaine chaleur dans son cœur. "Je suppose que chaque personne a un désir sournois d'agir", a-t-elle poursuivi. «Je sais que oui. Depuis que je suis petite, j'aime faire semblant. C'est pourquoi je l'ai fait hier.

« Avez-vous déjà envisagé une carrière sur scène ? » demanda-t-il gravement. Elle appuya son menton dans une petite paume et l'observa d'un air dubitatif.

«Je ne sais jamais avec certitude», se plaignit-elle, «si vous vous moquez de moi ou non. Et je n'aime pas qu'on se moque de… surtout de la part de… »

"Étrangers? Je ne vous en veux pas, Mademoiselle Clytie. Je n'aimerais pas ça moi-même.

Elle continuait à l'étudier avec perplexité, un petit froncement de sourcils au-dessus de son nez un peu impertinent. Ethan lui rendit son sourire calmement. Il a énormément apprécié. La lumière du soleil faisait d'étranges petits flous dorés dans ses yeux. C'étaient de très beaux yeux ; il s'en rendait bien compte ; et il ne se souciait pas du temps qu'elle lui permettait de les examiner ainsi. Seulement, eh bien, c'était un peu inquiétant pour un type. Il pouvait imaginer que des fils invisibles partaient de ses orbes violets jusqu'à son cœur. Sinon, comment expliquer la lueur picotante qui imprégnait ce dernier ? Non pas que ce soit désagréable ; au contraire--

"Je vous demande pardon?" balbutia-t-il.

"J'ai simplement dit que je n'avais aucune idée de la scène", répondit-elle d'un ton lointain en baissant les yeux.

"Oh!" Il fit une pause. Il lui fallut un moment pour comprendre ce qu'elle avait dit à travers son cerveau. De toute évidence, l'air arcadien possédait une qualité que l'éther ordinaire ne contenait pas, et son effet était étrangement dérangeant pour les sens. "Oh!" répéta-t-il à l'instant : « Je suis heureux que ce ne soit pas le cas. Je ne devrais pas vouloir que tu… euh… »

Mais cela ne semblait pas être la bonne chose à dire, à en juger par la soudaine expression de réserve qui s'installa sur son visage. Ethan se réveilla en se secouant.

« Il est temps pour moi de partir », dit-elle en se levant. Ethan fit un mouvement absurdement futile pour l'aider. "Je pense que j'ai expliqué les choses, n'est-ce pas ?"

"Je crois que j'ai expliqué les choses, n'est-ce pas ?"

"Vous avez expliqué", répondit-il judiciairement, "mais il y a bien plus à supporter, qui exige même des éclaircissements."

«Je ne vois pas que ce soit le cas», répondit-elle un peu froidement.

« Oh, bien sûr, si vous préférez que je donne ma propre interprétation des... choses... ! »

"Ce que les choses?" » demanda-t-elle curieusement.

"Ce que les choses?" répéta-t-il vaguement. « Oh, pourquoi… euh… beaucoup », a-t-il terminé sans succès.

Elle lui tourna le dos.

«Bonjour», dit-elle.

Il prit une résolution désespérée.

"Bonjour. Maintenant que je sais qui tu es… »

"Tu ne sais pas qui je suis!" rétorqua-t-elle en lui faisant face avec défi.

« Pardonnez-moi, mais… »

« Je n'ai pas dit que mon nom était… ça !

"Et j'en sais encore plus", ajouta-t-il mystérieusement.

"Ce n'est pas le cas!"

"Oh très bien." Il sourit supérieurement.

"Comment peux-tu?"

« Vous oubliez que nous, les dieux, avons des pouvoirs de… »

"Oh! Eh bien, dis-le-moi, alors.

"Pas aujourd'hui," répondit-il doucement. – Demain, peut-être.

Il leva sa pagaie et fit demi-tour.

— Mais vous ne me verrez pas demain, dit-elle en réprimant le sourire qui menaçait de gâcher sa sévérité.

« Vous ne pensez pas quitter Arcady ? » » demanda-t-il surpris. « Où, je vous en prie, pourriez-vous trouver une piscine plus délicieuse que celle-ci ? Observez ces cygnes ! Observez les lys ! D'ailleurs, même à Arcady, on ne bouge pas si tard dans la saison.

Elle le regarda un instant avec une intense gravité. Alors,

"Tu penses vraiment cela?" » demanda-t-elle pensivement.

"Je fais vraiment."

Il attendit, se demandant pourquoi il se souciait autant de sa décision. Enfin,

"Peut-être avez-vous raison", dit-elle. "Bonjour."

– Et moi, on se verra demain ? il a pleuré avec impatience.

Elle se tourna sous le premier arbre. Les ombres vertes jouaient sur ses cheveux et parsemaient sa robe blanche de silhouettes tremblantes.

"Cela," rit-elle doucement, de manière alléchante, "est entre les mains des dieux."

Sa robe apparut ici et là à travers les arbres pendant un moment, puis disparut de vue. Ethan poussa un soupir. Puis il sourit. Puis il saisit la pagaie et propulsa le canot vers la sortie.

"Eh bien," marmonna-t-il, "je sais comment ce dieu va voter!"

V.

Ethan posa sa pagaie et s'essuya le visage avec son mouchoir. Le canot, livré à lui-même, pointait son nez contre la berge de la prairie et laissait sa poupe flotter lentement dans le courant languissant. Il regardait les champs sur lesquels dansaient et scintillaient les vagues de chaleur et s'adressait à son étui à cigarettes.

« La Providence, dit-il, a fait preuve d'une grande sagesse lorsqu'elle a fait en sorte que les pèlerins débarquent sur la côte du Massachusetts. « D'après ce que j'ai vu de ces gens et ce que j'ai entendu à leur sujet », dit Providence, « je ne crois pas qu'ils constitueront une grande acquisition pour le Nouveau Monde. Mais je vais leur donner un bon spectacle. Je veillerai à ce qu'ils atterrissent à Plymouth et s'ils peuvent survivre à un hiver *et* à un été du Massachusetts , je n'aurai plus rien à dire. Ceux d'entre eux qui seront encore en vie dans un an auront droit à des prix au test d'endurance et se seront qualifiés pour devenir des pionniers robustes et bâtir le pays.

Il s'épongea de nouveau le visage, alluma une cigarette et reprit sa pagaie.

"On pourrait penser que cet État fait preuve de modération à certaines saisons de l'année", a-t-il ajouté avec dégoût. «Mais non contente de ses hivers à l'ancienne , de ses ressorts arriérés et de ses premières chutes, elle doit essayer d'arracher le ruban bleu des temps chauds de l'Arizona ! Pas étonnant qu'ils disent qu'un Bostonien n'est pas content au paradis ; sans doute trouve-t-il le temps affreusement égal et monotone !

Il redressa le canot et poursuivit son chemin en jetant un coup d'œil au ciel au-dessus des collines.

« Nous allons probablement avoir un bel orage cet après-midi, » marmonna-t-il.

Au moment où il atteignit l'entrée du ruisseau, son front était à nouveau perlé de sueur et sa fine chemise négligée montrait une disposition à s'accrocher à ses épaules. C'était une de ces journées extrêmement chaudes et extrêmement humides que le début de l'été frappe si souvent dans la Nouvelle-Angleterre. Même les oiseaux semblaient ressentir la chaleur et, au lieu de chanter et de se précipiter à travers le ruisseau ombragé, ils se contentaient de voleter et de gazouiller somnolemment au milieu des branches. Le bourdonnement des insectes avait un ton léthargique qui, comme le bruit d'une sauterelle en août, semblait augmenter la chaleur. Ethan remonta lentement le courant sinueux avec des opinions partagées sur le sujet de sa propre santé mentale. S'asseoir dans un canoë sous un soleil de plomb un matin comme celui-ci simplement pour parler à une fille était une pure idiotie, se disait-il. Puis il se souvint de ses yeux, de son petit rire alléchant, du ton doux de sa voix, du fantôme provocateur d'un sourire qui tremblait si souvent sur ses lèvres rouges, et il reconnut qu'elle en valait la peine. Après s'être glissé sous la passerelle de pierre, il lui vint soudain à l'esprit que peut-être la jeune fille s'opposerait tout autant que lui à ce qu'elle se fasse martyre dans l'intérêt d'une conversation polie ! Peut-être qu'elle ne viendrait pas du tout ! Dans ce cas, il aurait fait son voyage pour rien – et peut-être pour une insolation en plus ! Plus il considérait cette possibilité, plus elle devenait raisonnable, jusqu'à ce que, après avoir lancé le canot dans le petit étang et vu que la rive était vide de tout sauf deux cygnes qui déployaient leurs ailes au soleil, il n'était pas surpris.

« Elle a certainement plus de bon sens que moi », marmonna-t-il.

Pas un souffle d'air ne remuait les feuilles de la frange d'arbres qui l'entouraient. Le petit lac était comme une palette d'artiste avec tous les verts tendres, les roses, les blancs et les jaunes de l'été.

"J'espère que vous aimez ma piscine?" demanda une voix.

"J'espère que ma piscine vous plaira ?" » DEMANDE UNE VOIX.

Ethan se détourna de son examen de la scène et vit que la jeune fille se tenait à l'ombre d'un saule, un peu en amont de la pente. Elle était toute vêtue de blanc, comme hier, mais un chapeau à larges bords en paille blanche et douce cachait ses cheveux et jetait une ombre sur son visage. Ethan souleva son propre panama, moins pittoresque , et s'inclina.

« Tout va bien aujourd'hui, je pense, » répondit-il. « Peut-être juste un peu orné, cependant. Il est possible de sur-décorer même une piscine à lotus.

Il tourna la proue du canot vers la rive, la balança habilement et descendit à terre. La jeune fille le regardait silencieusement. Lorsqu'il eut tiré le nez de l'engin sur l'herbe et laissé tomber sa pagaie , il se dirigea vers elle. Une petite rougeur monta sur ses joues, mais ses yeux rencontrèrent les siens calmement.

« Tout cela est terriblement faux, vous savez, » dit-elle gravement. Il s'arrêta à quelques mètres et s'éventa avec son chapeau.

"Oui, très chaud, n'est-ce pas ?" » il a accepté affablement.

« D'abord, reprit-elle sévèrement, vous êtes en infraction. »

"Je vous demande pardon?" » demanda-t-il comme s'il n'avait pas compris.

"J'ai dit que vous étiez en infraction."

"Oh! Oui bien sûr. Eh bien, vraiment, vous ne pouviez pas vous attendre à ce que je reste assis là sous ce soleil brûlant, n'est-ce pas ? Je... j'ai une constitution plutôt délicate.

« Mais vous étiez en infraction avant ! Venir ici ne fait qu'empirer les choses.

"Mieux, je l'appelle," répondit-il en se tournant pour regarder sans regret la piscine.

"Et puis... alors c'est tout aussi mal pour moi de rester ici et de te parler."

" Oh, viens maintenant!" il s'y est opposé. « Les nymphes de mon époque n'étaient pas si conventionnelles ! »

« Alors je vais vous quitter, » continua-t-elle sans y prêter attention et en se détournant.

"Alors j'irai avec toi."

"Tu n'oserais pas!" elle a pleuré.

"Pourquoi pas? Vraiment, Miss Clytie, je suis assez respectable et je ne vois aucune raison pour laquelle vous ne devriez pas être vue en ma compagnie. Je n'ai jamais commis de meurtre et je n'ai jamais volé moins d'un million de dollars à la fois. Certes, j'espère devenir avocat d'ici environ un an, mais pour l'instant mon honneur n'est pas souillé.

Elle hésita, les yeux tournés vers la maison.

"D'ailleurs," ajouta-t-il précipitamment, "j'allais te dire ce que je sais de toi."

"Alors," répondit-elle à contrecœur, "je vais rester… une minute."

"Merci. Et serons-nous à l'aise pendant cette minute ? « Venez, asseyons-nous par terre et racontons de tristes histoires sur la mort des rois. »

Elle secoua la tête.

"S'il te plaît!" il a supplié. « Tu ne pourras jamais tenir debout pendant tout ce que j'ai à te dire. D'ailleurs, vous oubliez mon physique délicat ; On m'a mis en garde à plusieurs reprises contre le surmenage.

Elle se laissa tomber gracieusement dans l'herbe dans un drapé de mousseline blanche, souriant et fronçant les sourcils à la fois comme si elle était agacée par son insistance, mais trop aimable pour refuser. Tout cela produisit son effet, Ethan se rendant compte qu'elle lui rendait un grand service et en étant dûment reconnaissant. Il suivit son exemple, s'asseyant sur le gazon devant elle, prêtant cependant moins d'attention à la disposition de ses pieds. Inconsciemment, sa main chercha une poche, puis retomba. Elle rit doucement.

«S'il vous plaît, faites-le», dit-elle.

"Tu es sûr que ça ne te dérange pas ?"

"Pas du tout", répondit-elle. Il sortit donc son étui à cigarettes puis sa boîte d'allumettes et souffla enfin un souffle de fumée grise vers les branches immobiles au-dessus de lui.

"Se sentir mieux?" » demanda-t-elle avec sympathie.

"Beaucoup, merci."

"Alors vous pouvez commencer."

"Commencer--?"

"Dis-moi ce que tu sais de moi."

"Oh! Être sûr. Eh bien, laissez-moi voir. En premier lieu, vous vous appelez Laura Devereux. J'ai raison?"

Elle sourit moqueusement.

"Je n'ai pas accepté de vous le dire."

"Oh! Mais je sais que je le suis. Je n'ai posé aucune question, car cela aurait été un avantage injuste, j'imagine. Mais j'ai entendu hier après-midi à l'auberge qu'une famille du nom de Devereux avait pris Les Mélèzes. Et comme je suis déjà allé à Riverdell , je sais où se trouvent les Mélèzes. Diriez-vous est ou êtes ? »

"Je ne suis qu'un auditeur."

« Alors je dirai oui, pour être prudent ; Je sais où sont les Mélèzes. Vous vivez aux Mélèzes.

"Non, je... je reste simplement là."

"Pour l'été; exactement. C'est ce que je voulais dire. Lorsque vous êtes chez vous, vous vivez à Boston. Je ne vous dirai pas comment j'ai découvert cela, mais c'était assez joli.

"Est-ce que je... es-tu sûr que je suis un Bostonien ?"

« Hum ! Maintenant que vous en parlez, je ne le suis pas. Peut-être que votre famille a déménagé d'ailleurs à Boston ?

"Oui?"

« De… laisse-moi voir ! Pennsylvanie? Mais non, tu ne parles pas comme un Pennsylvanien. Maryland? Pas encore. Où, s'il vous plaît ?

"Mais je n'ai encore reconnu l'exactitude d'aucune de vos prémisses", objecta-t-elle.

"Mais tu n'oses pas me dire que j'ai tort", le défia-t-il.

"Au moins, je ne vais pas vous le dire", répondit-elle.

"C'est aussi bon qu'un aveu!"

"Très bien", répondit-elle sereinement. "Et maintenant que tu en sais autant sur moi, c'est tout, au fait ?"

"Jusqu'à présent", a-t-il répondu.

"Alors tu ne penses pas que je devrais savoir quelque chose sur toi?"

"Je suis flatté que cela vous intéresse." Il posa la main sur son cœur et s'inclina profondément.

«Ma curiosité est la plus vaine qu'on puisse imaginer», répondit-elle cruellement.

"Je regrette cet arc", a-t-il déclaré. « Cependant, je vous le dirai quand même. Je suis comme le prestidigitateur en ce sens que je n'ai rien à cacher. Et, ajouta-t-il tristement, il y a très peu de choses à révéler. Je m'appelle Parmley , surnommé Ethan. Je ne retiens rien là-bas, car je n'ai pas de deuxième prénom. C'est une coutume dans notre famille depuis l'époque du vieux voleur normand peu recommandable dont nous descendons d'exclure les deuxièmes prénoms. Je suis né dans ce même Commonwealth du Massachusetts de parents aisés et honnêtes, tous deux décédés depuis quelques années. J'étais un enfant unique. Je vous en prie, miss Devereux, réfléchissez à...

« Si cela ne vous dérange pas, » l'interrompit-elle, « je préférerais que vous ne m'appeliez pas comme ça. Je n'en suis pas propriétaire, vous savez.

"Excusez-moi! J'étais sur le point de vous demander, Miss Clytie, de considérer ce fait en pesant mes défauts. Quand j'étais enfant, j'étais extrêmement intéressant ; J'en ai appris autant de ma mère. J'ai survécu avec succès à la rougeole, aux oreillons, à la scarlatine et à la coqueluche. J'avais aussi la manie des timbres-poste, des œufs d'oiseau et des autographes. Plus tard, je me suis frayé un chemin dans une école préparatoire – une sorte de serre chaude pour jeunes snobs tendres – et j'ai réussi plus tard, à force de dents et d'une condition ou deux, à entrer à l'université. Comme c'était l'habitude pour les Parmley d'aller à Harvard, j'y suis allé aussi. Je t'ennuie terriblement ?

"Non."

«J'ai réussi à terminer un cursus de quatre ans en cinq ans. Certains gars le font en trois, mais je ne voulais pas paraître arrogant. Je l'ai pris tranquillement et j'ai terminé en cinq. Puis, comme il n'y avait jamais eu d'avocat dans la famille, j'ai décidé d'étudier le droit. Je suis entré à la faculté de droit de Harvard et j'ai obtenu mon diplôme il y a quelques semaines. Je passe maintenant des vacances durement gagnées. En septembre, je dois entrer dans un cabinet d'avocats à Providence, comme une sorte de garçon de bureau digne.

« Je possède une certaine richesse matérielle, pas grande, mais suffisante pour un de mes goûts simples. Je fais même partie de la noblesse terrienne, puisque je possède un terrain avec une maison. Je possède également une automobile, et c'est à cela que je dois cette agréable rencontre.

Elle sourit à une question.

«J'ai quitté Boston tôt lundi matin avec Farrell. Farrell se fait appeler chauffeur, pour preuve il exhibe un permis et un badge. Sans ce permis et ce badge, je ne m'en douterais jamais. La tâche principale de Farrell semble être de me remettre des clés, des tournevis et autres lorsque je m'allonge sur le dos sur la route et que j'observe la machine à vol d'oiseau. Tout s'est déroulé aussi bien que vous le souhaitez jusqu'à ce que nous atteignions un endroit à environ trois kilomètres au nord de ce charmant hameau. Là, des choses se sont passées. Je ne vous ennuierai pas avec une liste détaillée des victimes. Il suffit de dire que je suis entré dans Riverdell et que Farrell m'a suivi une heure plus tard, confortablement penché en arrière dans la voiture et veillant à ce que le câble de remorquage ne se brise pas. J'ai pris un petit-déjeuner supplémentaire à l'auberge pendant que Farrell divertissait le forgeron, puis, n'ayant rien de mieux à faire, j'ai laissé tomber le canot à l'eau et j'ai pagayé en aval. Depuis que j'ai volé ma première pomme, le territoire interdit exerce sur moi une fascination contre nature, et c'est peut-être pourquoi j'ai remonté le ruisseau et suis tombé, pour ainsi dire, sur Arcady.

« De quelle couleur est votre machine ? » elle a demandé.

"Extrêmement bleu."

"Et... n'est-il pas presque réparé ?"

"Euh… presque, oui."

"Cela prend du temps, me semble-t-il."

« Eh bien, sa maladie était grave. Je pense qu'il avait une amygdalite, à en juger par les bruits qu'il faisait.

"En effet? Mais cela semblait très bien se passer.

"Je vous demande pardon?"

"J'ai dit que ça semblait très bien se passer."

"Vous l'avez vu?"

"Oui, il est passé devant la maison hier vers deux heures."

« Il existe un grand nombre de voitures bleues dans le monde », s'est-il défendu.

« Est-il déjà revenu ? » demanda-t-elle sans y prêter attention.

"Non. Le fait est que j'étais en route pour Stillhaven pour rendre visite à des amis là-bas, alors je leur ai envoyé la voiture pour qu'ils l'utilisent. J'ai constaté que, sans ma présence, la voiture se comporte plutôt bien pour mes amis.

« Quel pessimiste ! Et tu restes à Riverdell ?

« Pour quelques jours, oui ; au bord de la route.

" Riverdell devrait être flatté de constater que vous le préférez à Stillhaven comme station balnéaire. " Elle rassembla ses jupes d'une main et commença à se lever. Ethan sauta sur ses pieds et apprécia la félicité enivrante de sentir sa main dans la sienne.

"Merci", murmura-t-elle en lissant sa robe. Puis, avec le retour de ce petit sourire provocateur et moqueur : « Est-ce que ce serait un coup terrible pour votre vanité, » demanda-t-elle, « si je devais vous dire que vos suppositions sont toutes fausses ?

« Terrible », répondit-il anxieusement.

"Alors je ne te le dirai pas, " dit-elle d'un ton apaisant.

"Mais... mais... ils n'ont pas tort, n'est-ce pas ?"

"'Là où l'ignorance est le bonheur———'", murmura-t-elle.

« Mais je préfère savoir ! Dites-moi le pire, s'il vous plaît !

Elle secoua la tête en souriant.

«Au revoir», dit-elle.

"Tu ne vas pas me laisser te revoir?" » demanda-t-il tristement. Elle secoua de nouveau la tête.

"On m'a proposé une nouvelle piscine", a-t-elle déclaré, "une avec toutes les améliorations modernes, et je pense que je vais déménager."

« Mais… maintenant, regarde ici, ce n'est pas juste ! Que dois-je faire? Il est évident que vous n'avez jamais passé de vacances à Riverdell , sinon vous apprécieriez mon sort. Il n'y a rien d'autre à faire que de pagayer sur cette petite rivière idiote. Et à chaque fois, j'ai peur que l'eau s'écoule quand je ne la regarde pas et me laisse au sec. Ne serait-ce que par charité, laissez-moi venir ici et vous voir de temps en temps, juste un instant ! Je serai très bon, vraiment ; J'accepterai même de rester dans le canoë et de frisonner sous vos yeux !

"Vous parlez", répondit-elle perplexe, "comme si je vous avais invité à venir à Riverdell , ou du moins comme si j'étais responsable de votre séjour ici!"

Il résista aux mots qui lui montèrent aux lèvres.

« Alors, je vous demande pardon. Pour rien au monde, je n'insinuerais quelque chose d'aussi absolument criminel. Mais je suis là et je m'ennuie ; et sûrement vous n'avez pas tant d'excitations, tant d'engagements le matin mais vous pouvez passer quelques instants en communion avec la nature ici au bord de la piscine ? Bien sûr, je ne me recommande pas comme une excitation ; peut-être que je suis plutôt un stupéfiant ; mais je ferai tout ce qui est en mon pouvoir pour vous amuser ! Je vais... je vais même te raconter des contes de fées ou te chanter des chansons ; et je n'ai jamais fait ni l'un ni l'autre de ma vie ! »

"C'est effectivement une incitation alors", a-t-elle ri. "Mais... au revoir."

"Tu ne le feras pas?"

"Pensez-vous que c'est probable?" » demanda-t-elle un peu hautaine.

"Pas quand tu ressembles à ça," répondit-il lamentablement.

« Au revoir », répéta-t-elle en s'éloignant.

«Bonjour», répondit-il. Ses yeux étaient rivés sur le sol où elle était assise. Il a fait un pas en avant. De là, il la regarda remonter la pente sous les arbres. Finalement, elle se retourna et regarda avec regret la piscine scintillant sous la chaleur de midi.

«Je serai désolée de le quitter», dit-elle doucement, mais distinctement. "Peut-être... je changerai d'avis."

Puis elle continua son chemin, passant de l'ombre au soleil, jusqu'à ce que les arbres la cachent. Lorsqu'elle fut hors de vue, Ethan alluma une cigarette tout en souriant. Puis il écarta l'allumette carbonisée, leva son pied gauche, se baissa et ramassa une petite liasse blanche qui, en la secouant doucement, devint un délicat mouchoir blanc. Il le regarda, le porta à son nez, le porta à ses lèvres, le plia soigneusement et maladroitement et le mit dans sa poche. Puis il se tourna vers la piscine et le canot.

« C'est une coquette, murmura-t-il, une coquette arrogante . Mais… mais elle est tout simplement… déchirante !

VI.

Ethan termina sa deuxième cigarette et la jeta en sifflant dans la piscine. Le cygne le plus proche a immédiatement pagayé pour enquêter. Ethan soupira exaspéré.

« Alors, vas-y, vieil idiot ! il murmura. « Vous ne l'aimerez pas plus que le précédent ; ils sortent de la même boîte ; mais essaye si tu veux. Voilà, je vous l'avais bien dit ! Oh, c'est ça ; blâme-moi maintenant ! Bienheureux si tu n'es pas presque humain !

Il regarda pour la vingtième fois vers l'endroit où le coin de la pergola blanche brillait à travers les arbres et pour la vingtième fois détourna de nouveau son regard avec déception. Il était là depuis presque trois quarts d'heure, et il n'allait pas rester une minute de plus ! Si elle ne voulait pas venir, d'accord ! Sauf qu'elle n'aurait pas son mouchoir si elle ne le faisait pas ! Il avait commencé à se demander ce matin si elle avait laissé tomber cet article exprès, comme il l'avait soupçonné la veille. Si cela avait été un accident, elle était probablement déjà revenue et l'avait cherché, et il ne pouvait pas fonder ses espoirs de la revoir sur le mouchoir. Il était d'ailleurs évident qu'elle ne viendrait pas. Cette phrase d'adieu qu'il avait traduite à son goût ne signifiait finalement rien. Il jetait ses affaires dans son sac et se rendait à Stillhaven après le dîner. Il avait été ridicule de s'amuser ici ainsi en s'en prenant à une fille qui ne voulait pas s'embêter avec lui et en risquant la dyspepsie à l'auberge ! Et pourquoi diable pensait-il aux femmes, de toute façon ? N'avait-il pas fait le vœu solennel, à l'occasion de sa première, dernière et unique liaison, de les laisser sévèrement seuls ? Il sourit d'un air évocateur.

Cela avait été une affaire désespérée, brève et tragique. Cela s'était produit au cours de sa première année. *Elle* était « vendeuse » dans un magasin de fleuriste de l'Avenue. Elle avait des joues comme l'une des roses de demoiselle d'honneur qu'elle vendait, un nez pointu, des yeux gris étincelants et une masse de cheveux noirs qui se dressaient sur son front dans une puissante vague roulante et sentaient enivrant le parfum de violette lorsqu'elle épinglait un œillet dessus. son manteau. Cela avait été un coup de foudre avec Ethan, et il était rarement apparu en public sans une fleur à la boutonnière. Il se souvint avec quelque chose entre un frisson et un soupir de l'exaltation de fierté et de joie avec laquelle il l'avait accompagnée au théâtre la première fois ! Lorsqu'il était revenu de ses vacances de Noël et l'avait trouvée fiancée au vendeur de drogues roux du coin suivant, il était rapidement devenu un misogyne confirmé. Au cours des sept années qui s'étaient écoulées entre ce moment et ce moment-là, il avait quelque peu cédé, avait connu plus d'un léger flirt et avait gardé son cœur. Il y avait eu tellement d'autres choses qui l'occupaient que l'amour était resté inconsidéré. Et maintenant, que faisait-il ici, assis dans un canoë dans un étang aux nénuphars alors qu'il aurait dû être à Stillhaven pour aider Vincent à naviguer sur le « Sea Lark » lors des courses du club ? N'était-il pas encore en train de se ridiculiser ? Puis quelque chose de blanc se dirigea vers lui entre les arbres et la question resta sans réponse.

«Je pense que j'ai dû perdre un mouchoir ici hier», annonça-t-elle en guise de salutation et d'explication.

"Un mouchoir?" il pleure. "Laissez-moi vous aider à chercher."

« Oh, ne vous embêtez pas ! Cela n'a pas d'importance, bien sûr, seulement : je pensais que si c'était ici , je l'aurais.

Mais Ethan était déjà sorti du canoë.

"Euh, comment c'était?" Il a demandé.

« Plutôt simple, je pense ; juste un bord de dentelle étroit.

Ils regardèrent attentivement l'herbe. De toute évidence, ce n'était pas là. Elle releva la tête, écarta une mèche de cheveux de son front et rit.

« Je les perds toujours », s'est-elle excusée.

«Peut-être, suggéra-t-il, serait-il bon d'offrir une récompense.»

« Une superbe idée ! » elle a pleuré. « Nous l'afficherons sur cet arbre ici. As-tu un morceau de papier ? Et un crayon ?

"Les deux." Il déchira le recto d'une enveloppe et lui tendit son crayon. Elle les accepta et s'assit sur l'herbe.

« Oh, chérie, sur quoi dois-je écrire ? La pagaie du canoë ? Merci. Maintenant, laisse-moi voir. Que dois-je dire ?

« Vous devez commencer par écrire 'Lost !' en grosses lettres en haut. C'est ça." Le rôle de conseiller d'Ethan comportait de délicieux privilèges. Cela lui permettait de s'agenouiller assez près derrière elle et d'observer le lobe rose d'une petite oreille depuis une position de proximité inquiétante.

"Et maintenant quoi?"

"Je vous demande pardon!" dit-il en sursaut. « Eh bien, alors… euh… laisse-moi voir. 'Perdu'--"

«J'ai ça», dit-elle modestement.

«Un petit mouchoir appartenant à…»

« Comment saviez-vous qu'il était petit ? » » demanda-t-elle avec un intérêt souriant.

«Ils le sont toujours», répondit-il. "Où étais-je?"

"'Un petit mouchoir appartenant'———"

« Cela ne semble pas tout à fait normal. Essayons encore. "Perdu, une petite dame"———"

Ils rirent ensemble comme s'il s'agissait d'une plaisanterie des plus nouvelles et des plus excellentes.

« Je n'ai pas envie d'afficher ma petitesse », objecta-t-elle.

«Eh bien, encore une fois maintenant. 'Perdu, un petit mouchoir avec une drôle de petite bordure en dentelle et un D brodé dans le coin inférieur gauche. Chercheur--'"

"Un D brodé?" » demanda-t-elle perplexe.

« Ce n'était pas un D ? »

"Peut-être que c'était le cas", a-t-elle admis. Elle se pencha un peu plus en avant, car le bref regard qu'elle lui avait jeté avait révélé que sa tête était étonnamment proche . « Et... et la récompense ? » demanda-t-elle un peu avec contrainte.

"Finder peut garder la même chose pour son honnêteté!"

"Mais... mais c'est ridicule !" elle a pleuré. "A quoi sert la publicité ?"

"Pour empêcher celui qui l'a découvert de commettre un vol", répondit-il sobrement. "Pensez à sa conscience!"

"Comment sais-tu que c'est un 'lui' ?" » demanda-t-elle négligemment.

"J'ai utilisé le genre masculin simplement d'une manière... euh... générale."

"Oh!"

"Oui. As-tu écrit ça ?

« Non, à quoi ça sert ? Si celui qui l'a trouvé est assez malhonnête pour le garder , il peut prendre soin de sa propre conscience ! »

« Ce n'est pas chrétien », répondit-il tristement.

"Mais je vais le faire", dit-elle. "Si celui qui l'a trouvé le produit , je lui permettrai de le conserver à une condition."

"Et cela?" » demanda-t-il avec méfiance.

« S'il y a un D dessus, il peut l'avoir. Sinon--"

Le chercheur l'a produit, l'a déplié et a regardé le « coin inférieur gauche ».

"Bien?" » demanda-t-elle en souriant. Il fronça les sourcils.

«Ça... ça ressemble plus à un H», répondit-il.

« C'est un H ! Maintenant, puis- je l'avoir ?

"Mais ça devrait être un D", a-t-il déclaré. "H ne représente ni Devereux, Laura ou Clytie."

"Je n'ai jamais dit que c'était le cas!"

"Ceci n'est clairement pas votre propriété", poursuivit-il en le repliant. « Ne parvenant pas à retrouver le propriétaire, j'en conserverai la possession. »

"Mais c'est le mien!" elle a pleuré.

"Le vôtre? Alors, que signifie le H ?

Elle hésita et rougit.

«Je n'ai jamais dit que je m'appelais Laura Devereux», murmura-t-elle.

"Non, mais tu vois, je sais que c'est le cas." Il remit le mouchoir dans sa poche. Puis il tendit la main et prit le papier et l'enveloppe sur ses genoux. « J'écrirai moi-même une annonce », a-t-il déclaré.

Elle le regarda pendant qu'il faisait cela, se mordant la lèvre en souriant et vexé. Quand ce fut fait, il lui passa la composition.

"TROUVÉ!"

« Mouchoir de dame bordé de dentelle et portant l'initiale H dans un coin. Le propriétaire peut les récupérer en prouvant qu'il en est propriétaire et en récompensant celui qui l'a trouvé. Appliquer sur Vertumnus, soigner Clytie, Lotus Pool, Arcadia, entre dix et douze.

« Quelle est la récompense ? » elle a demandé. Il secoua la tête pensivement.

«Je n'ai pas encore décidé. Quelque chose… plutôt sympa, je trouve.

Une légère rougeur monta sur ses joues et elle tourna son regard vers la piscine.

« Il fait beaucoup plus frais aujourd'hui », dit-elle.

"Oui, l'orage de la nuit dernière a purifié l'air", répondit-il sur un ton de conversation similaire. Elle jeta un coup d'œil à la petite montre accrochée à sa ceinture. Puis elle murmura quelque chose et se leva légèrement avant qu'Ethan puisse aller à son aide.

"Tu n'y vas pas?" » demanda-t-il consterné.

Elle hocha gravement la tête.

"Mais il est assez tôt !"

«Je ne pense pas qu'il soit juste de s'associer à la malhonnêteté», répondit-elle sévèrement. "Tu sais bien que ce mouchoir est à moi !"

«Oui, je le fais», répondit-il. « Autrement dit, je t'ai vu le laisser tomber hier. Il appartient probablement à quelqu'un d'autre. À moins que... » Il sourit – « à moins que vous ne l'achetiez à un prix avantageux ? Dans ce cas, l'initiale n'avait pas vraiment d'importance, je suppose.

"Voulez-vous me le donner?" » demanda-t-elle sans sourire.

"Mais c'est si peu de chose !" » plaida-t-il sincèrement. « Vous en avez tellement d'autres que la perte de celui-ci ne vous gênera sûrement pas. Et je–j'y ai pris goût.»

"C'est une excuse commode pour le vol!" elle a répondu.

« C'est le seul que j'ai à offrir », répondit-il humblement.

"Mais... c'est tellement absurde !" s'écria-t-elle avec impatience. "Que peux-tu vouloir avec ça?"

Il resta silencieux un moment. Elle jeta un coup d'œil furtif à son visage puis fit quelques pas vers la maison.

« Je me demande si tu veux vraiment que je te le dise ? réfléchit-il.

"Dis moi quoi?" » demanda-t-elle avec inquiétude.

"Pourquoi je veux le garder."

"Je ne pense pas que je sois particulièrement intéressée", répondit-elle froidement. "Vas-tu le rendre?"

"Peut être; dans un moment. Vous ne voulez pas entendre la raison ?

"Je... Oh, eh bien, quelle est la raison ?" » demanda-t-elle avec impatience.

« Une question très simple. En tant que mouchoir, cela ne m'attire pas particulièrement. J'en ai vu de plus belles, je pense... »

"Bien!" Elle haleta.

"Mon désir de le garder vient du simple fait qu'il est à toi, Clytie."

Elle s'efforça de croiser son regard avec un regard affichant la dose appropriée de ressentiment hautain. Mais la tentative fut un échec. Après le premier regard, ses yeux tombèrent, le sang monta sur son visage et elle se détourna rapidement.

"Puis-je le garder, s'il vous plaît?" » demanda-t-il doucement.

Elle gravit rapidement la petite pente sous les arbres.

« Clytie ! » il a appelé. Elle s'arrêta, sans se retourner, pour écouter.

"Puis-je le garder?"

Clytie baissa la tête et disparut rapidement.

VII.

Ethan étendit ses bras, chastement vêtu de madras rayé bleu et blanc, bâilla expansivement, détacha ses jambes du drap dans lequel elles étaient emmêlées et se réveilla ; Je me suis réveillé pour trouver la lumière du soleil dansant à travers la pièce et faisant des flous radieux de ses pinceaux sur le vieux bureau en acajou ; je me suis réveillé pour trouver un rouge-gorge lançant avec ferveur sa brève ballade à travers la fenêtre depuis les branches juste à l'extérieur ; s'est réveillé pour se retrouver dans un monde nouveau et très merveilleux, un monde peuplé d'une fille aux yeux violets, d'un rouge-gorge répétitif, et de lui-même !

Il était amoureux !

La connaissance du fait lui vint avec une brusquerie déchirante. Il s'était endormi la nuit dernière sans prémonition ; il se réveilla maintenant avec une illumination surprenante de son esprit. D'où venait la nouvelle ? De la lumière du soleil dansante qui traverse les vieilles planches ? De la brise parfumée qui remuait les feuilles là-bas ? Des ragots pervers de la gorge enflée ? Qui pourrait le dire ? Et pourtant, elle était là, cette connaissance, aussi réelle que la terre verte d'été qui l'attendait, faisant autant partie de sa vie que le souffle qu'il respirait !

Il resta allongé un long moment, les mains jointes sous la tête et regarda le magnifique monde vert, doré et azur, avec un sourire heureux sur le visage, pensant à des pensées nouvelles et ineffables. C'est une chose glorieuse de se retrouver vraiment, totalement amoureux pour la première fois, glorieux, merveilleux, absorbant...

Le rouge-gorge cessa son pæan et resta silencieux, la tête penchée attentivement. Peut-être que ses oreilles étaient meilleures que les vôtres ou les miennes et qu'il a entendu une chanson plus douce et plus triomphante que n'importe laquelle des siennes, car après un moment d'écoute, il a déployé ses ailes et a flotté à travers les espaces ensoleillés jusqu'au verger.

Je me demande si le rasoir de sûreté n'a pas été inventé pour l'homme amoureux. Il est certain qu'Ethan n'aurait jamais pu utiliser une autre sorte ce matin. Parfois, poussé par une folle impatience de sortir, il se rasait frénétiquement, comme s'il craignait que la nature n'enroule son paysage et ne disparaisse avant qu'il puisse l'atteindre ; parfois il restait immobile, regardant sans le voir le bout de son nez reflété dans le vieux miroir. Maintenant, il sifflait allègrement, pour s'arrêter au milieu d'une note et retomber dans une gravité silencieuse. Bref, il présentait tous les symptômes mentaux et physiques qui accompagnent habituellement sa maladie ; la température augmente, le pouls à la fois plein et palpitant, la respiration irrégulière, les pupilles des yeux légèrement dilatées, l'esprit apparemment affecté.

Il s'habillait avec un soin inhabituel, déplorant le fait que son choix de vêtements se limitait à deux costumes. Ni la serge bleue ni la toile grise ne semblaient adaptées à l'occasion ; son cœur désirait la pourpre et le fin lin. Mais enfin il était habillé et descendait en toute hâte l'escalier grinçant pour prendre un petit-déjeuner tardif. Quarante minutes plus tard, il flottait au milieu des lys d'Arcadie.

* * * * *

Cette ligne d'étoiles, cher lecteur, est l'équivalent typographique de trois heures perdues dans la vie d'Ethan Parmley , trois heures vides et malheureuses passées dans et autour d'une vieille flaque idiote qui sent comme une boutique d'apothicaire (j'utilise son propre langage maintenant). avec seulement un trio de cygnes idiots à qui parler. La Nymphe aux Yeux Violets n'est pas venue.

Et pourtant, il l'a vue ce jour-là, après tout ; Il l'aperçut brièvement, ce qui calma et aiguisa sa faim. Il était sur le porche de l'auberge après le dîner en train de fumer, maussade, lorsqu'un piège intelligent est passé en direction des Mélèzes. Il contenait un cocher et deux dames. L'une des dames avait les yeux violets, mais comme sa tête était tournée vers lui et en partie cachée par un parasol blanc, il n'aurait pas pu le prouver pour le moment. Quant à l'autre, il n'aurait pu dire si elle était jeune ou vieille, blonde ou brune. La paire de baies luisantes et bien entretenues laissait à Ethan peu de temps pour l'observation. En un clin d'œil, la voiture et son précieux fardeau disparurent. Et bien qu'il ne quittait jamais le porche plus d'une minute à la fois, pendant tout le reste de cet interminable après-midi d'été , il ne trouva aucune récompense. Il y avait d'autres routes menant aux Mélèzes.

Le courrier du soir lui apporta un mot de Vincent Graves :

« Farrell est arrivé ici lundi avec la voiture et votre note. J'ai essayé de savoir auprès de lui ce que vous faisiez, mais soit il ne le savait pas, soit il a fait preuve d'un pouvoir discrétionnaire que je ne lui ai jamais attribué. J'espère que ce n'est rien d'autre qu'une insolation ; on sait que les gens s'en remettent avec un esprit presque comme neuf. Quoi qu'il en soit, je viendrai dans quelques jours pour voir par moi-même. Je sais tout sur la mythologie – accent sur le *mythe* . Mais attention, pas de braconnage dans mes conserves ! J'ai terminé troisième hier en termes de temps alloué ; j'aurais mieux fait si je n'avais pas emporté mon foc à la marque extérieure. Pas de vent à proprement parler. Tu ne peux pas venir à la course de samedi ? Nous avons fait sortir la voiture une ou deux fois. Il y a quelque chose qui ne va pas. Farrell est hospitalisé aujourd'hui. Mes compliments, mais dis-lui que j'ai besoin de toi ici.

"Le vôtre,

" *Vincent* ."

Après le dîner, Ethan approcha une chaise de la fenêtre ouverte de sa chambre, posa la lampe de manière précaire sur le bureau, là où la lumière tomberait sur le portefeuille sur ses genoux, et répondit à Vincent :

« Mon cher Vincent (écrit-il), la vie bouge doucement en Arcadie. Clytie, celle qui, au bord de son bassin étoilé, a si longtemps contemplé, amoureuse, le fougueux Apollon, écoute désormais les tons courtisants de Vertumnus aux guirlandes vertes. Elle ne remplit plus le creux des feuilles de ses larmes et de ses doux reproches, mais, allongée là où les branches ombragées défient les rayons les plus féroces du dieu solaire, elle sourit de bonne heure à Vertumne. Et lui, baignant son cœur dans les eaux bleues et chaudes de ses yeux, oublie et renonce à la trop timide Pomona. Ainsi, mon ami, se déroule le drame de Clytie, la nymphe de la piscine aux lotus aux yeux d'aube ; d'Apollon, radieux et inaccessible Seigneur du Soleil ; et de Vertumnus, Dieu humble et amoureux des Saisons. Ami, par amour pour moi, demande à la belle Vénus de m'aider !

« Et maintenant, Jupiter soit avec toi ! Le vent nocturne se faufile doucement à travers les clairières éclairées par la lune d'Arcadia et porte dans mes narines le parfum émouvant du lys et du lotus. C'est le souffle de Clytie sur ma joue. Ah, mon ami, je te pleure parce que tu ne pourras jamais connaître l'amour d'un dieu pour une nymphe en Arcadie ! Que Somnus , le plus doux des dieux, t'envoie de doux rêves. Adieu.

« VERTUMNE. »

"Et maintenant, après avoir lu ceci, je vois clairement que cela dépasse votre entendement, mon ami, et il se peut donc que cela n'atteigne jamais vos yeux."

Cela n'a jamais été le cas.

VIII.

Il pleut parfois même à Arcady.

Quand Ethan se leva le lendemain matin , il découvrit qu'Apollon se reposait et que Jupiter faisait les choses à sa manière. Au pied du verger, la petite rivière bouillonnait et bouillonnait avec une férocité chétive. L'herbe était battue et trempée et le feuillage dégoulinait . Mais à l'abri de l'orme, devant la fenêtre, un rouge-gorge gazouillait gaiement, pensant sans doute aux joies gustatives à venir.

« Eh bien, tu le prends avec philosophie, mon ami, » marmonna Ethan, « et autant suivre ton exemple, même si j'ai une âme au-dessus des gros vers. Il faudra que ça s'arrête un jour, et autant en profiter au maximum en attendant. Pourtant, ajouta-t-il tristement, une journée entière dans cette vieille arche délabrée ne m'attire pas beaucoup.

Il s'habillait tranquillement, prenait son petit-déjeuner lentement et cherchait ensuite à tuer le temps avec un livre près d'une fenêtre de la salle des fêtes. Le volume, un roman en papier laissé par un ancien invité, répondait assez bien. Il est peu probable qu'il ait pu accorder toute son attention à l'histoire la plus captivante jamais écrite. La pluie, sillonnant les minuscules carreaux, prenait des teintes étranges aux vieilles vitres et à la lumière des bûches crépitantes de la cheminée. Parfois elles étaient vertes comme de tendres feuilles de pommier en mai, parfois bleues comme des violettes gorgées de pluie, comme… non, pas comme, mais plutôt comme, comme, certains yeux ! Ah, il y avait matière à réflexion ! Le roman était retourné face contre terre sur ses genoux, la cigarette tombait pensivement du coin de sa bouche et ses mains s'enfonçaient profondément dans ses poches. Ces yeux! Des violettes gorgées de pluie ? Par Jupiter , oui ! Aucune comparaison, aucune comparaison ne pourrait être meilleure ! Des violettes gorgées de pluie touchées par la lumière jaune du soleil qui revient à travers les nuages gris ! Une description plutôt élaborée, pensa-t-il en souriant de son sentimentalisme. Le sourire s'approfondit lorsqu'il se souvint du cercle bleu infinitésimal sous l'œil gauche, une petite veine bleue apparaissant avec une charmante netteté sur la pâleur chaude de la peau comme une veine dans un marbre aux tons doux. C'était peu de chose à rappeler, peu à tous points de vue, mais cela lui semblait un véritable triomphe du souvenir ! En fermant à moitié les yeux, il pouvait presque le voir.

Claquer!

Le roman recouvert de papier tomba sur le sol et resta flottant sur ses feuilles dans un appel impuissant. Il le sauva et chercha à nouveau sa place, souriant avec un réel amusement devant sa bêtise.

« Je me comporte certainement comme un idiot », pensa-t-il. «Je n'aurais jamais cru qu'être amoureux était si... si troublant. Première chose que je sais, si je ne garde pas une main assez ferme sur les rênes, je vais écrire de la poésie ou me promener dans les environs en coupant des cœurs et des initiales dans les troncs d'arbres ! Hum; Laissez-moi voir maintenant; où étais-je? Ah, nous l'avons ici !

« 'Garrison reposa doucement le bijou en diamant sur le bureau et tira lentement sur son cigare. Bientôt, il se tourna avec une brusque déconcertante vers Mme Staniford . "Il n'y a aucune possibilité d'erreur ?" Il a demandé. «Aucun», fut la réponse ferme. « Vous pourriez jurer sur l'identité de ce joyau devant le tribunal ? "Oui." Garrison sortit de sa poche un petit objet rond et noir et le posa contre son œil. Puis il reprit le bijou et se pencha étroitement dessus. "Ma chère madame," dit-il doucement, "si vous faisiez cela, vous commettez une grave erreur." "Que veux-tu dire?" elle a pleuré violemment. "Je veux dire," fut la réponse souriante, "que ce n'est pas un de vos bijoux,... à moins que..." "Eh bien ?" » demanda-t-elle avec impatience. « A moins que, ma chère madame, vous portiez de la pâte ! Une vive exclamation de surprise involontaire les fit sursauter. Ils se tournèrent rapidement. Lord Burslem traversait la bibliothèque avec un visage blanc et figé.

"Peuh! Je savais depuis le début que les choses étaient pâteuses », soupira Ethan. « Singleton est le fils de Mme Staniford issu d'un précédent mariage et elle a pincé les pierres et les lui a données pour le sortir d'une situation difficile, quelque chose à voir avec cette Miss Deene larmoyante , peut-être ; du moins, quelque chose qu'elle sait. Laurence est aussi innocente que la neige inexplorée, ou quelle que soit la comparaison correcte, et si je continue au dernier chapitre , je découvrirai ce fait. Mais je préfère le croire coupable. Il portait un gardénia à sa boutonnière, et c'est réglé. Je ne supporte pas un homme qui porte des gardénias. J'insiste sur le fait qu'il est coupable.

Il jeta le livre à mi-chemin de la pièce, se leva, étendit ses longs bras au-dessus de sa tête et regarda par la fenêtre. La pluie tombait directement du ciel sombre d'une manière qui aurait sans doute beaucoup plu à Isaac Newton, montrant ainsi parfaitement l'attraction de la gravitation. Les gouttes étaient d'une taille immense, et quand on frappait la vitre, elles se répandaient en une véritable flaque avant de couler jusqu'au châssis. Ethan a regardé pendant un moment , puis a bâillé, a jeté un coup d'œil à sa montre et s'est allongé pour dîner.

Vers trois heures, le ciel s'éclaircit quelque peu et l'averse torrentielle fit place à une légère bruine. Il enfila un imperméable et chercha la route. Ce n'était pas une mauvaise marche, car la surface était bien drainée, et il avait parcouru trois quarts de mile derrière lui avant de réfléchir à la distance ou à la destination. Puis, regardant autour de lui et trouvant la route bordée sur la droite par une clôture ornementale en fer à travers laquelle des arbustes poussaient leurs feuilles mouillées, il sourit et haussa les épaules.

«Je n'avais pas l'intention de venir ici», se dit-il, «mais maintenant que je suis là, autant continuer et me tenter en jetant un coup d'œil à la maison.»

Une minute plus tard, il arriva devant une large porte flanquée de hauts piliers de pierre. Une allée bien entretenue rejoignait une grande maison blanche, une maison un peu trop prétentieuse pour plaire entièrement à Ethan. D'un côté, le côté, comme il le savait, le plus proche de l'étang aux lotus, s'avançait un porche découvert, d'où des marches menaient à une pergola blanche. Ce dernier était un ajout récent et les vignes n'avaient pas encore réussi à en couvrir entièrement la nudité. De l'une des fenêtres de l'étage inférieur de la maison émanait une lueur orange terne.

«Ils ont un feu là-bas», dit Ethan, «et elle est assise devant. J'aurais aimé l'être ! »

Il resserra le col de son imperméable autour de son cou pour empêcher les gouttes d'entrer et soupira.

« Vous savez, poursuivit-il d'un ton quelque peu provocant, s'adressant apparemment à la résidence, il n'y a aucune raison pour que je ne marche pas jusqu'à l'allée, sonne et demande... M. Devereux. J'ai la meilleure excuse au monde. Et une fois à l'intérieur, ce serait étrange si je ne la voyais pas. J'ai à moitié envie de le faire ! Seulement... peut-être préférerait-elle que je ne le fasse pas. Et... je ne le ferai pas.

Il fit une dernière inspection des lieux et se détourna avec un autre soupir. Avant qu'il atteigne l'auberge, les nuages s'étaient brisés au sud et un petit vent secouait les gouttes de pluie des feuilles le long de la route.

« Une bonne brise de navigation », pensa-t-il. « Et, au revoir, nous sommes samedi. Je devrais être à Stillhaven pour aider Vin à gagner cette course. Je suppose que je l'ai déçu. Cependant, un individu ne peut pas se trouver à deux endroits à la fois ; il devrait le savoir.

IX.

La petite brise avait tenu toute la nuit, et ce matin les arbres et arbustes étaient de nouveau bien secs, mais se présentaient mieux pour leur bain. C'était dimanche, et alors que le canoë flottait dans le port de l'étang aux lotus, la cloche d'une église lointaine sonnait. Peut-être, se dit-il avec un soudain serrement de cœur, était-il condamné à un autre jour sans voir Clytie ; car il se pourrait que la famille se rende à l'église en voiture. Mais le premier regard honnête autour de lui dissipa ses pressentiments. Elle se tenait au bord de la piscine et jetait des miettes de pain aux cygnes . Elle le vit presque au même moment et sourit.

« Ne vous approchez pas, s'il vous plaît, » dit-elle. "Vous leur ferez peur."

Il trempa docilement sa pagaie et resta silencieux dans l'engin à bascule jusqu'à ce que la dernière miette ait été distribuée et qu'elle ait brossé les miettes de ses mains tendues. Se baissant, elle ramassa un livre dans l'herbe et lui fit face.

<u>Elle jetait des miettes de pain aux cygnes.</u>

"Puis-je débarquer?" Il a demandé.

« Vous commettez déjà une intrusion effroyable », objecta-t-elle.

« Pour un sou, pour une livre », répondit-il en faisant avancer le canoë. « Pourrait aussi bien être pendu pour un mouton que pour un agneau. » Et si je pouvais penser à d'autres proverbes applicables à ce sujet , je les citerais. Il sauta et tira la proue du canot sur le gazon.

"Mais cela ne vous dérangera pas si je refuse de rester et d'être pendu avec vous ?" elle a demandé.

« Au contraire, cela me dérangerait beaucoup. En fait, j'exige que vous restiez et que vous m'apportiez une caution au cas où je serais appréhendé.

«Je crains de ne pas pouvoir me le permettre», répondit-elle.

« Sans aucun doute, votre parole serait utile », dit-il. "Peut-être que si vous leur parliez de l'excellent caractère que j'ai, vous pourriez m'en sortir indemne."

"Mais je ne pense pas en savoir assez sur votre personnage."

« Il y a quelque chose là-dedans », admet-il. « Peut-être feriez-vous mieux de m'observer de près pendant une heure ou deux. L'observation permet d'en apprendre beaucoup sur le caractère d'une autre personne.

« Comment puis-je faire cela si je vais à l'église ? »

« Vous ne pouvez pas. C'est une des raisons pour lesquelles vous n'allez pas à l'église.

"Oh! Et... y a-t-il d'autres raisons ?

"Oui."

« Peut-être que tu ferais mieux d'en donner quelques-uns. Je ne pense pas que le premier soit particulièrement convaincant.

"Eh bien, une autre raison est que je ne t'ai pas vu depuis trois jours."

Elle secoua gravement la tête.

"Continuez, s'il vous plaît."

"Pas assez bon? Eh bien, une autre raison, c'est que vous ne m'avez pas vu depuis trois jours.

Elle rit avec amusement.

« De pire en pire », dit-elle.

"Je ne pensais pas que cet argument vous intéresserait beaucoup", répondit-il joyeusement. « C'était en quelque sorte une expérience, voyez-vous. Mais la vraie raison, sans réponse, est la suivante : vous m'avez beaucoup manqué, j'ai été très ennuyeux, vous êtes naturellement bon cœur et ne causeriez pas inutilement de la douleur ou de la déception, et je vous prie de m'accorder quelques instants de votre société joyeuse ! Est-ce mieux?"

"Je ne m'en soucie pas particulièrement."

«Mlle Devereux…»

"Qu'est-ce que je t'ai dit?" elle a prévenu.

« Je vous demande pardon ! Mais… maintenant, vraiment, s'il vous plaît, laissez-moi vous appeler par un prénom ! Je—j'aimerais obtenir un diplôme en mythologie.»

«Je ne pense pas qu'il serait approprié que vous m'appeliez par mon prénom», répondit-elle modestement.

"Un prénom, ai-je dit", répondit-il patiemment. "Dites-moi pourquoi vous ne voulez pas que je vous appelle Miss Devereux, s'il vous plaît."

«Parce que…» Elle s'arrêta et baissa les yeux. "Nous n'avons jamais été correctement présentés, n'est-ce pas?"

"Vrai! Permettez-moi, priez ! Miss Devereux, puis-je présenter M. Parmley ? M. Parmley , Miss Devereux ! Il s'avança, souriant poliment et murmurant son plaisir, et avant qu'elle comprenne ce qui se passait, il lui serra la main. « Très heureux de vous rencontrer, Miss Devereux ! » lui assura-t-il cordialement.

Elle recula, s'efforçant de retirer sa main de la sienne et riant joyeusement.

"Est-ce que c'est ce que vous appelez une bonne introduction?" elle a demandé.

"Eh bien, c'est le mieux que je puisse faire dans les circonstances," répondit Ethan. "N'ayant aucune connaissance commune à portée de main, voyez-vous..."

"Tu ne penses pas que tu pourrais lâcher prise maintenant ?" » demanda-t-elle, son rire se transformant en un sourire nerveux.

"Lâcher?" » répéta-t-il d'un ton interrogateur.

"S'il te plaît! Tu as ma main !

Il le regarda avec une légère surprise ; puis dans son visage.

« N'est-ce pas la chose la plus étrange ? Je n'ai jamais été aussi surpris… ! »

« Mais… M. Parmley , s'il te plaît, lâche-toi," supplia-t-elle.

"Tu ne veux pas dire que je l'ai toujours ?" Il essayait de paraître à l'aise et de parler avec insouciance, mais son cœur battait à tout rompre comme s'il s'efforçait de faire le Chœur d'Anvil tout seul, et sa voix n'était pas tout à fait stable.

"Oui," répondit-elle froidement, se mordant un peu la lèvre. Un disque rouge brûlait sur chaque joue. Ses yeux étaient fixés sur sa main emprisonnante. « D'ailleurs, vous me faites du mal », ajouta-t-elle en retombant sur le mensonge qui est la dernière ressource d'une femme dans un tel dilemme. Mais il secoua sobrement la tête.

« Pardonnez-moi, mais c'est impossible. Vous remarquerez que ma main est assez lâche sur la vôtre. Accusez-moi de détention illégale, si vous le souhaitez, mais pas de cruauté.

"Mais... mais c'est ma main", protesta-t-elle faiblement.

"Eh bien, il n'y a pas de quoi se vanter," répondit-il en souriant quelque peu tremblant. Elle avait gardé ses yeux loin de lui depuis le début et il était déterminé à les voir avant d'abandonner. « Regardez le mien ; c'est deux fois plus gros !

Les cils bruns battirent un instant et Ethan se ressaisit du choc de regarder ces yeux violets. Il ne savait pas ce qui allait se passer, s'assura-t-il dans une soudaine panique délicieuse, et il s'en fichait. Il ferait probablement quelque chose de terriblement grossier, quelque chose qui l'effrayerait et la mettrait en colère, quelque chose qu'elle ne lui pardonnerait jamais ! Peut-être que le tremblement soudain de sa main autour de la sienne l'avait avertie, car les cils restaient immobiles. Un moment de silence s'ensuivit, durant lequel le cœur d'Ethan menaça de l'étouffer. Puis, tout à coup, la petite main chaude cessa de tirer et resta molle et inerte dans la sienne. Elle tourna la tête et regarda vers les arbres et l'ombre.

« Si nous voulons nous tenir la main pendant un certain temps », remarqua-t-elle froidement, « peut-être ferions-nous mieux de nous asseoir et d'être à l'aise. »

Ethan la relâcha instantanément, tandis qu'une vague de couleur brûlante balayait son visage. Il se sentait terriblement petit et ridicule ! Il se rendit compte qu'il avait pris pour acquis qu'elle avait éprouvé des émotions similaires aux siennes, et qu'au lieu de cela, elle s'était seulement ennuyée et… et exaspérée ! Il la suivit lentement sur la pente, s'insultant sauvagement et méditant une retraite dans l'ordre encore possible. Elle s'assit confortablement sur l'herbe, le dos appuyé au tronc rond et lisse d'un érable, et tapota ses jupes. Puis elle le regarda calmement.

"Tu te rends compte," demanda-t-elle, "que tu m'as mis en retard à l'église?"

Il était reconnaissant de ce changement de sujet et piqué qu'elle soit si peu déconcertée. Son propre cœur dansait encore.

«Je suis un humble instrument de la Providence», répondit-il aussi légèrement qu'il le pouvait en se laissant tomber à terre à distance respectueuse du bout de ses petites chaussures.

«Cela semble un peu sacrilège», dit-elle. "En plus ... *humble* ?"

«Humble, oui», répondit-il. «Je ne peux pas penser à un meilleur mot, à moins qu'il ne soit 'embarrassé'.»

« Mais pourquoi vous dites-vous instrument de la Providence ? Parce que tu vis là-bas ?

« Cela semble un peu sacrilège », a-t-il cité. «Je voulais dire que si vous étiez allé à l'église, vous vous seriez bien réchauffé et vous seriez peut-être revenu avec un mal de tête. Je vous ai sauvé de cela.

"Merci! Mais bien sûr , sans l'introduction, je n'aurais pas pu rester !

"C'est entendu", répondit-il avec une gravité devenue. Elle sourit comme si elle était amusée par une pensée, et Ethan se sentit vaguement mal à l'aise.

"Il est possible", dit-elle pensivement, "que vous ayez finalement trouvé une connaissance commune pour célébrer la cérémonie à votre place."

« Oh, j'ose dire ; on le peut généralement si l'on chasse assez longtemps. C'est un processus assez courant et pas particulièrement difficile. Par exemple, je demande : « Vous connaissez Boston, Miss Dev—Miss Inconnue ! Vous répondez « Légèrement, M. Parmley ». « Peut-être connaissez-vous les Smith ? « Smith, Smith ? N—non, je ne pense pas. Sont-ils amis des Jones ? 'J'ose dire; Je n'ai jamais rencontré les Jones. À bien y penser, cependant, certains Jones étaient venus rendre visite aux Robinson à Nahant l'été dernier ; c'est un banquier, je crois ; il y avait deux filles et un fils qui venaient juste d'entrer à l'université. " " Oh, étiez-vous à Nahant ? vous vous renseignez. « Alors peut-être avez-vous rencontré les Brown là-bas ? 'Oui.' 'Vraiment? N'est-ce pas joyeux ? Vous connaissiez Gwendolin ? « Eh bien, plutôt ! Je réponds sur un ton insinuant que c'était plutôt désespéré tant que ça durait. « N'est-ce pas étrange ? » vous exclamez-vous. "Oui, c'est drôle comme le monde est petit, n'est-ce pas ?" Je remarque avec une originalité surprenante. Alors nous faisons connaissance. Oui, c'est la simplicité même.

"Cela semble certainement le cas!" elle a ri. "Essayons!"

"Très bien."

Elle fronça intensément les sourcils pendant un moment, puis :

« Connaissez-vous Stillhaven , M. Parmley ? elle a demandé.

"Eh bien, oui," répondit-il, surpris.

« Alors peut-être connaissez-vous les… les Penniwell ?

"Désolé de dire que non", répondit-il en riant.

"Non? Ils habitent dans la maison voisine de l'hôtel.

"Hôtel? Ah, je crois avoir rencontré les hôtels ! Y avait-il un fils de mon âge, avec… »

"Ne sois pas absurde!" elle a ri. "Nous ne nous entendrons jamais si vous ne respectez pas les règles."

«Je pensais que oui», répondit-il.

"Laissez-moi voir! Oh oui, les Graves , vous les connaissez ?

"Pourquoi oui; est-ce que tu?" » répondit-il avec intérêt.

"Je les ai rencontrés."

« Vincent est un de mes grands amis », dit-il avec empressement. "J'étais en route pour leur rendre visite pendant un moment quand... quand je me suis arrêté ici."

"Vraiment?" elle a pleuré. « Comme le monde est petit, après tout ! »

Ils ont ri ensemble. Alors,

"Et tu connais Vin?" Il a demandé.

«Oui, je... je l'ai rencontré», répondit-elle. Son ton suggérait de l'embarras.

"Oh!" » dit Ethan pensivement. Avait-il découvert l'explication de l'avertissement déroutant de Vincent ? La jeune fille devant lui était-elle la « réserve » dont parlait son ami ? Le cœur d'Ethan se serra un instant. Absurdité! Elle avait clairement laissé entendre qu'elle ne le connaissait que peu, auquel cas elle n'appartenait pas plus à Vin qu'à lui. « Vous ne le connaissez donc pas très bien ? » » demanda-t-il anxieusement.

« N'êtes-vous pas... eh bien, juste un tout petit peu curieux ? » elle a demandé en souriant.

« Cela peut paraître ainsi, reconnut-il, mais, voyez-vous, cela signifie beaucoup pour moi ; c'est plutôt important.

"Important?" répéta-t-elle avec étonnement.

« Oui, vous voyez... » Mais bien sûr, il ne pouvait pas expliquer pourquoi c'était important. Alors il pataugea, impuissant, un moment. "Oui... c'est vrai... eh bien, ce sont de très bons amis à moi, Vin en particulier, et..."

"Oh, tu craignais peut-être que je ne sois pas une personne appropriée pour qu'ils le sachent ?"

« Bon Dieu, non !

"Alors je ne vois pas———!"

"Je ne vous en veux pas," dit-il avec découragement . « En réalité, je disais seulement des bêtises. Je… je pensais que si vous les connaissiez bien, et si je les connaissais bien, alors nous… nous pourrions bien nous connaître !

Elle le regarda tristement un instant. Puis elle secoua la tête avec déception.

« Non, » dit-elle, « non, ce n'était pas du tout ce que tu voulais dire. Je suppose que même étudier le droit a son effet.

Il rit avec embarras.

"Puis-je voir ce que vous lisez?" Il a demandé.

Elle souleva le volume de ses genoux, prit gravement un mouchoir plié entre les feuillets où il servait de marque, et lui tendit le livre.

"Je suis désolé que tu ne puisses pas me faire confiance", rit-il.

«Moi aussi», fut la réponse regrettable. "C'est terrible d'avoir un ami à la fois un—un prévaricateur et un—un—un—"

« Détourneur de fonds », suggéra-t-il gentiment. « Oui, c'est mauvais. «J'adore les Sonnets portugais», a-t-il poursuivi en lisant le titre. « Puis-je vous demander si vous alliez emporter ça à l'église avec vous ? »

«Je n'y avais pas pensé. Je suppose que, comme la plupart des hommes, vous les considérez comme idiots et sentimentaux », a-t-elle lancé un défi.

Il secoua la tête.

"Plutôt doux et sentimental", répondit-il.

« On ne peut guère s'attendre à ce que vous preniez soin d'eux, je suppose », dit-elle. « Vos goûts, si je me souviens bien, vont plutôt vers « Les Légendes d'Ingoldsby » !

"C'est vraiment méchant", murmura-t-il tristement. « Non, je les aime beaucoup, celle-là surtout ; si ce n'était pas dimanche , je le lirais.

"Qu'est-ce que dimanche a à voir avec ça?" elle a demandé.

«Peut-être rien», fut la réponse. « J'ose dire que ce n'est que mon puritanisme qui ressort. Vous savez que nous, les habitants de la Nouvelle-

Angleterre, avons beaucoup de mal à concilier plaisir et religion. Je peux imaginer le fantôme de mon arrière-arrière-arrière-grand-père, coiffé d'un chapeau en pain de sucre et le cou gonflé , debout là dans l'ombre, levant les mains en l'air avec une sainte horreur à la vue de moi assis ici dimanche matin avec un volume de poèmes d'amour entre mes mains.

"Quelle absurdité!" s'écria-t-elle avec indignation. « L'amour n'est-il pas aussi saint que... que n'importe quoi ? N'est-ce pas... » Elle s'arrêta brusquement et Ethan, levant la tête, la trouva en train de le regarder avec quelque chose qui ressemblait presque à de l'horreur dans ses yeux écarquillés.

"Qu'est-ce que c'est?" s'écria-t-il anxieusement.

Elle secoua la tête et baissa les yeux vers les mains croisées sur ses genoux.

«Rien», dit-elle très doucement. Elle rit doucement, incertaine. "Voulez-vous me donner mon livre, s'il vous plaît?" elle a demandé.

"Bien sûr", répondit-il, toujours perplexe. Puis, comme il commençait à le lui tendre, il s'ouvrit au niveau de la garde et il le retira. «Laura Frances Devereux», lut-il à haute voix. Il sourit d'un air interrogateur en rendant le volume.

"Cela ne prouve rien", a-t-elle répondu avec défi. "Je... je l'aurais peut-être emprunté."

"C'est vrai, les preuves circonstancielles ne sont pas absolument concluantes, à moins que... à moins qu'elles soient nombreuses !"

"Vous pouvez penser ce que vous choisissez," répondit-elle légèrement. Elle regarda sa montre et se prépara à se lever. Cette fois, Ethan était prêt. Elle lui tendit la main et il l'aida à se relever. La main se retira doucement mais résolument de la sienne et il la lâcha sans lutte.

« Dois-tu y aller ? » Il a demandé.

Elle acquiesça. Puis elle a ri.

« Si seulement vous saviez à quel point j'ai du mal à arriver ici, vous apprécieriez... » Elle s'interrompit, rougissant un peu.

"J'apprécie", dit-il sincèrement. « Et je vous remercie beaucoup pour votre gentillesse ce matin envers un type très indigne. Je... savez-vous, Miss Devereux, que j'ai failli passer une visite aux Mélèzes hier après-midi ?

Elle leva rapidement les yeux.

« Oui, je suis allé me promener dans l'après-midi et je me suis retrouvé au portail là-bas. J'ai pu voir qu'il y avait un incendie dans la bibliothèque et... »

"Mais comment savais-tu que c'était la bibliothèque ?" elle a demandé.

« Pourquoi… euh… n'est-ce pas ? Je pensais que c'était le cas. Quoi qu'il en soit, cela avait l'air terriblement tentant. Je t'ai imaginé assis devant et j'ai failli passer un coup de fil.

"Je suis heureuse que tu ne l'aies pas fait," souffla-t-elle.

"Pourquoi?"

« Parce que… eh bien, tu ne me connais pas !

"J'aurais dû demander ton père et me présenter."

"Eh bien, vous ne manquez certainement pas d'assurance!" Elle haleta.

"Ça aurait été bien", lui assura-t-il joyeusement.

« Mais tu ne l'aurais pas trouvé, » dit-elle sèchement.

« Alors j'aurais demandé Mme Devereux et, à défaut, Miss Devereux. Vous voyez, hier, j'étais un peu désespéré", a-t-il ajouté en souriant.

"Désespéré! Je devrais dire téméraire !

"Pourquoi? Parce que je voulais te voir ? Regardez ici, s'il vous plaît ; pourquoi ne devrais-je pas te rendre visite à la maison ? Comme je vous l'ai dit, je suis assez respectable. Et – et je veux te voir – plus souvent ! Je suppose que cela semble terriblement effronté, poursuivit-il doucement, mais je veux que vous m'aimiez, et il ne me semble pas que j'aie droit à un spectacle équitable.

La couleur allait et venait sur ses joues et les violettes lui étaient cachées.

"Cela semble certainement… effronté, comme vous dites", dit-elle après un moment, plutôt incertaine. "Considérant que vous ne m'avez vu que quatre fois."

"Cinq, s'il vous plaît. En plus, je ne vois pas que cela ait de l'importance. En fait, je pense plutôt que le mal a été fait du premier coup !

Il captura sa main et pendant un instant, elle flotta seulement entre ses mains. Puis il essaya de se libérer, mais sans succès. Un moment passa et,

"Est-ce que vous me faites l'amour, M. Parmley ?" » demanda-t-elle avec un petit rire amusé. C'était comme une douche froide, mais il résista à sa première impulsion de la libérer.

"Oui, je le suis," répondit-il fermement. « C'est exactement ce que je fais ! Et je vais continuer jusqu'à ce que je sois convaincu qu'il n'y a plus d'espoir pour moi. S'il vous plaît, ne luttez pas, » continua-t-il, capturant également son autre main. « Je vais vous laisser partir dans un instant. Peut-être que je me comporte beaucoup comme un tyran, mais je suis éperdument amoureux de toi, Laura, et... »

"Non non! S'il te plaît!" s'écria-t-elle avec un petit pincement dans la voix.

"Qu'est-ce que j'ai fait ?" » demanda-t-il anxieusement.

"Je... Tu ne dois pas m'appeler comme ça!"

« Très bien, je ne le ferai pas... pour l'instant. Mais je te considère comme Laura... »

"Je ne veux pas que tu le fasses!"

"Alors j'essaierai de ne pas le faire," répondit-il doucement. « Mais… ne pourrais-tu pas me rendre très heureux en me disant que j'ai une chance avec toi, ma chérie ? Juste le fantôme d'une chance ?

La tête baissée secoua négativement.

« Vous ne le ferez pas ? Ou… tu ne peux pas ?

«Je… je ne le ferai pas», murmura-t-elle.

Il poussa un cri et s'efforça de l'attirer à lui, mais elle résista de toutes ses forces.

"S'il te plaît! *S'il te plaît!* " Elle haleta.

« Je vais... essayer de ne pas le faire, » dit-il tristement. « Mais je peux appeler à la maison ? Vous me laisserez faire ça, n'est-ce pas ?

«Je… je suppose», murmura-t-elle faiblement.

"Aujourd'hui?" il pleure. "Demain?"

"Non non! Attendez s'il vous plaît; laisse-moi penser." Elle leva un instant vers lui une paire de yeux troublés. « Je dois d'abord vous revoir. J'ai quelque chose à te dire; quelque chose qui peut faire une différence. Peut-être… peut-être que tu ne voudras plus me revoir… alors !

Il rit avec dédain.

"Essaie-moi! Et quand m'annonceras-tu cette… cette merveilleuse nouvelle ? Demain matin? Ici?"

Elle hocha la tête et s'efforça de relâcher ses mains. Après un moment d'indécision , il les laissa partir. Elle resta un instant immobile devant lui. Puis elle releva lentement la tête et il vit que ses yeux étaient mouillés. Avec un cri inarticulé de douleur et de désir, il s'avança, mais elle lui tendit la main.

"S'il te plaît!" répéta-t-elle d'un ton suppliant. Ses bras tendus tombèrent sur ses côtés. « Si je ne venais pas… demain… » commença-t-elle.

"Mais tu as promis!"

"Je sais." Elle acquiesça. "Mais... mais si je ne devais pas..."

"Mais tu vas!" il pleure. « Je serai là, chérie ! Ne me laisse pas tomber ! Si tu ne viens pas, j'irai à la maison !

"Alors je dois le faire", dit-elle avec un petit sourire. «Et maintenant…» Elle s'approcha de lui et posa ses mains sur ses épaules et le sentit trembler sous son contact. Elle leva ses yeux, violets assombris et couverts de larmes retenues, vers les siens. « Veux-tu faire une chose pour moi ?

ELLE S'EST ALLÉE VERS LUI ET A PLACÉ SES MAINS SUR SES ÉPAULES.

Ses yeux répondirent.

"Alors, s'il te plaît, " elle baissa la tête avec honte soudaine, "embrasse-moi une fois et laisse-moi partir."

Ses bras se refermèrent autour d'elle avec avidité, mais elle se retint.

"Promesse!" elle a murmuré "Promets de me laisser partir!"

"Oui," gémit-il, "je le promets."

Pendant un instant, il regarda au loin, très loin, dans des profondeurs violettes sombres et merveilleuses...

Puis il était seul. Il se tourna sans le voir vers le canot et marcha sur le livre oublié sur l'herbe. En se baissant, il le récupéra et le laissa tomber dans sa poche.

« Je deviens un horrible voleur ! » murmura-t-il en tremblant.

X.

Un glorieux après-midi doré, une nuit argentée scintillante, et puis — le bout des doigts roses de l'aube frémit sur les bords des collines et l'éclatement d'un nouveau jour au rythme de l'ouverture exultante de l'orchestre de la nature.

Ethan regardait depuis la fenêtre ouverte vers le plus beau spectacle offert aux yeux des mortels : le monde matinal frais et étincelant de l'été vu à travers les lentilles grossissantes de l'amour. Le verger était frais et vif avec le vert tendre des feuilles et de l'herbe ensoleillées, et sombre et frais avec des flaques d'ombre agréable. Les pierres précieuses de rosée scintillaient sous la brise caressante et les pointes des branches qui s'étendaient et atteignaient la tête hochaient la tête et murmuraient ensemble. Au-delà, la petite rivière à la voix argentée riait parmi ses bas-fonds et brillait au soleil. Du marais provenait le gargouillis joyeux d'une volée de carouges à épaulettes, tandis que le tintement léger, mais doux et clair, du goglu des prés flottait depuis les prairies montantes. Des merles élégants et bien conditionnés se balançaient au milieu des pommiers et chantaient avec contentement entre les toilettages de leurs gilets rouges. Et le cœur d'Ethan chantait plus fort, plus clairement et plus joyeusement.

Cher lecteur, avez-vous déjà été jeune et amoureux un matin d'été ? Vous souvenez-vous à quel point la brise douce et douce qui entrait par la fenêtre ouverte était enivrante ? Comme de l'or liquide, le soleil s'est répandu sur le rebord et a coulé sur le sol ? Comment chaque note d'oiseau n'était qu'une interprétation différente d'un seul et doux nom ? À quel point étiez-vous impatient et impatient de vous retrouver dans le bon monde vert et à quel point répugnez-vous à cesser de rêver assez longtemps pour vous habiller ? Quelle chose extrêmement importante était le choix d'une cravate ou d'un ruban ? J'espère que vous vous souvenez de ces choses si vous avez oublié tout le reste !

La piscine aux lotus n'a jamais brillé avec autant d'éclat, n'a jamais scintillé avec autant d'éclat que ce matin. Il n'était pas difficile d'imaginer que ces coupes flottantes contenaient les couleurs dans lesquelles la nature trempait ses pinceaux avant de peindre les fleurs d'été. Les cygnes paresseux et amoureux du luxe somnolaient au soleil sur leur petite île. La cascade crépitait et tintait sur la mousse et la pierre. Les arbres limitrophes jetaient une ombre bienvenue sur les côtés herbeux du petit bassin. Et Ethan, levant sa pagaie dégoulinante alors que le canoë ondulait sur la surface semblable à un miroir, inspira profondément l'air parfumé et éprouva une soudaine joie de vivre ahurissante, une exultation presque païenne . Il lui semblait ce matin que le monde et lui respiraient ensemble.

Il était tôt lorsqu'il flotta dans Arcady et il n'y avait pas d'yeux violets pour l'accueillir. Mais son impatience était apaisée par le bonheur que lui procurait le souvenir. Il y rêvait au soleil, allumant de temps en temps une cigarette et la laissant se consumer inaperçue entre ses doigts. Des nuages blancs flottaient dans le ciel bleu et à la surface de la piscine. Des libellules, aux ailes aux reflets métalliques flamboyantes, s'élançaient et se tournaient. Les oiseaux chantaient et les insectes bourdonnaient, la brise bavardait sur les feuilles et les instants passaient. Lorsqu'il se réveilla enfin complètement de son rêve et regarda sa montre avec étonnement, la matinée était presque terminée. Il tourna des yeux déçus vers la brève vue offerte par les arbres jaloux. Aucun aperçu de draperie blanche ne le récompensait. Elle avait dit qu'elle ne viendrait peut-être pas. Pourquoi? Vaguement troublé, il propulsa le canot jusqu'à la berge et en sortit. A l'ombre du saule rendu à jamais sacré par leurs rencontres, il se jeta à terre et attendit pendant que la longue aiguille de sa montre se glissait lentement à mi-cadran. Mais la patience s'était envolée, et lorsque le temps qu'il s'était fixé fut passé, il se leva d'un bond et commença à planter la pelouse sous les arbres.

Bientôt, le coin de la pergola blanche apparut. Puis les arbres se sont éclaircis et il a regardé à travers une étendue de pelouse ouverte et baignée de soleil vers la maison étincelante. Et tandis qu'il regardait, lui-même à peine visible sur les ombres vertes du bosquet, la véranda de la maison se remplit soudain d'une jeune fille en robe blanche et d'un homme en flanelle grise. Ils se rassemblèrent par la porte et s'arrêtèrent côte à côte en haut des marches. Même à cette distance, Ethan ne les reconnaissait que trop bien. L'homme avait pris la main de la jeune fille et lui parlait. Ethan l'observa un instant seulement, mais à cet instant il vit avec un soudain serrement de cœur comment la tête de la jeune fille, la lumière du soleil reflétant sur les cheveux bruns, se souleva avec un petit geste de bonheur intime vers son compagnon. Puis, pris d'une panique nauséabonde à l'idée de pouvoir en voir davantage, Ethan se retourna rapidement et replongea dans l'ombre.

Tout le long du chemin jusqu'à l'Auberge, à chaque coup de pagaie, un refrain ne cessait de lui marteler le cerveau : « Pas de braconnage dans mes réserves ! Pas de braconnage dans mes conserves ! Quel connard il avait été de ne pas comprendre ! Il détestait Vincent comme il n'avait jamais détesté personne de sa vie, réalisant tout en réalisant l'injustice absolue de cette situation. Pourquoi n'avait-il pas deviné, d'après la note de Vincent, quelle était la configuration du terrain ? Il savait peut-être que Vincent ne pouvait faire référence qu'à elle. Mais pourquoi cet imbécile n'avait-il pas pu le lui dire honnêtement ? Il y a une semaine, voire trois jours, cela aurait été le moment ! Puis, l'instant d'après, il sut que ce n'était pas le cas, qu'il avait toujours été trop tard, toujours depuis cette première rencontre ! Mais pourquoi, si elle appartenait à Vincent, lui avait-elle permis de l'aimer ? Pourquoi avait-elle virtuellement reconnu son amour pour lui ? Pourquoi--

Il se souvenait de ce baiser avec une soudaine sensation d'étouffement et de serrement au niveau de sa gorge. N'avait-elle rien voulu dire par là ? Rien? Non, elle avait pensé à tout, à tout ce qu'il avait espéré ! Elle l'aimait, et ni Vincent Graves ni personne d'autre ne pouvait l'avoir ! Mais cette exultation fut de courte durée. Ce qu'elle voulait dire n'avait que peu d'importance ; elle appartenait à Vincent par promesse, ne serait-ce que par rien d'autre, et Vincent était son ami.

Les choses furent soudain grandement simplifiées. Ses pensées enchevêtrées se dissipèrent et il poussa un soupir en partie de soulagement. Au moins, son devoir était clair. « Pas de braconnage dans mes conserves ! » Il lui suffisait de tenir compte de cet avertissement et de s'écarter du chemin. Cette pensée le stabilisa et ses pouls cessèrent de battre assourdissant. Ce ne serait pas facile, ce devoir ! Il le savait très bien, même s'il le regardait presque calmement à cet instant. Une fois passée l'excitation actuelle, il aurait du mal à y aller !

La perspective d'affronter Vincent le troubla plus que toute autre chose alors qu'il sortit le canot de l'eau et le posa sur son râtelier sous les arbres. Vincent l'attendait probablement déjà là-haut, sur le porche. Pendant un instant, il pensa reprendre le canoë et remonter le cours d'eau pour faire un certain chemin , puis traverser jusqu'à la gare et prendre le train pour... n'importe où parmi tout cela ! Mais ce serait une démarche sournoise et lâche. D'ailleurs, tôt ou tard, Vincent et lui devront se rencontrer, et aussi bien maintenant qu'à tout moment. Il alluma une cigarette avec les doigts qui tremblaient un peu et traversa le verger.

Comme il s'y attendait, Vincent Graves l'attendait sur le porche. C'était un homme grand, brun et beau, avec une voix grave et agréable et une aisance remarquable et insouciante ; exactement le genre de type, se dit Ethan, dont toute fille sensée tomberait amoureuse. Vincent ne l'a pas vu un instant, et à ce moment- là , Ethan a eu l'occasion d'étudier son ami avec un nouvel intérêt, de le voir sous un angle nouveau. Mais il se rendit compte qu'il ne pouvait pas critiquer froidement ; Vincent était Vincent, tout à fait admirable et aimable ; et le cœur d'Ethan se réchauffa sous un soudain élan d'affection alors qu'il s'avançait avec la main tendue.

« Bonjour, Vin ! » il a dit.

Vincent se retourna, saisit la main et la serra chaleureusement.

"Eh bien, vieux con!" » répondit-il en souriant largement. « N'as-tu pas honte de me regarder dans les yeux ? Qu'as-tu fait de toi-même ? Comment va la mythologie ?

"Quand es-tu monté?" » demanda Ethan, faisant écho au sourire.

"Ce matin. Arrêté à... » Il regarda Ethan en baissant rapidement les sourcils. « Écoute, qu'est-ce que tu as ? Vous avez l'air joyeux et insouciant d'un gentleman se promenant vers la potence ! Été malade?"

"Je vais?" rit Ethan. "Certainement pas; je ne me suis jamais senti aussi bien de ma vie.

« Si tu te sentais mieux , tu crierais, hein ? Eh bien, tu as manigancé quelque chose, Ethan, et tu peux te mentir en pleine figure, peu importe. Vous rentrez avec moi ce soir ; C'est fait. Je suis venu dans votre machine et, étonnamment, il n'y a même pas eu de fuite. Je l'ai laissé aux Mélèzes, poursuivit-il en réponse à l'enquête interrogative d'Ethan sur l'allée et la cour de l'écurie. "Je me suis arrêté là et j'ai passé un appel." Il fit une pause, souriant mystérieusement.

"Oh," dit Ethan.

« Oui, je… regarde ici, allons faire un tour. Quelle heure est-il? Quoi? Oh, le dîner soit foutu ! Allez, je veux parler un peu. Attends, Eth, je vais devoir parler ou éclater comme un de tes pneus !

"Très bien", répondit Ethan, sans enthousiasme. "Fumée?"

Vincent accepta une cigarette et, lorsqu'ils l'eurent allumée, ils descendirent les marches et longèrent la route, sous les ormes cambrés, la main de Vincent sur l'épaule de son ami.

« C'est en grande partie de votre faute, mon vieux, » dit-il à présent. Il rit intérieurement un moment avant de continuer. « Voyez-vous, votre soudaine et mystérieuse affection pour ce paradis rural m'a inquiété. Je ne vous ai jamais entendu en parler avec enthousiasme auparavant ; en fait , je me souviens de plusieurs remarques violemment désobligeantes au sujet de Riverdell . Alors quand tu as écrit que tu t'arrêtais ici un moment pour étudier la mythologie, j'ai eu peur. Comprendre?"

"À la perfection! De quoi es-tu en train de râler ? »

« Seigneur, tu es dense ! Je vais vous expliquer avec les mots d'un seul... »

"Merci."

« Tu vois, Eth, tu es un mendiant très captivant ; tu as un sens merveilleux avec le beau sexe. Par exemple, il y avait cette fille à l'université… »

"Arrête ça," grogna Ethan.

« Toujours délicat ? Eh bien, je ne prenais aucun risque. Étant moi-même intéressé par cette voie, j'ai pensé que je ferais mieux d'y aller et de m'occuper des choses. Je pensais que tu faisais peut-être l'amour à ma copine ; le braconnage, vous savez. Je n'aurais pas pu t'en vouloir, mon vieux, car elle est à peu près la chose la plus belle que tu aies jamais vue.

« Alors tu es venu pour me faire partir, hein ? » » demanda Ethan sans intérêt.

"Exactement. Et j'ai découvert à ma grande surprise que tu n'avais pas été près du miel. Tu ne sais pas ce que tu as manqué, Eth. Ce sont des gens terriblement gentils, tout au long de la campagne ; et ils auraient été ravis de vous entendre appeler. Pourquoi pas ?

"Considération pour ton bonheur futur, Vin", répondit calmement l'autre.

« Et vous n'êtes pas allé près de cet endroit ? »

« Un jour, je suis arrivé jusqu'au portail en me promenant. »

"Eh bien, veux-tu me dire ce que tu fais ici depuis une semaine?"

"Non."

Vincent l'étudia silencieusement un moment.

« Très bien, mon vieux ; Je ne veux pas être grossièrement curieux.

"Vous n'êtes pas; mais ne vous embêtez pas à mon sujet. De toute façon, je pars aujourd'hui.

« Oui, tu viens avec moi. Le maître m'a fait jurer sur les tombes de mes ancêtres que je vous ramènerais. Et j'ai aussi promis de vous amener à dîner ce soir chez les Devereux .

"Désolé, Vin."

"Tu ne le feras pas?"

"Vous l'avez deviné."

"Pourquoi pas? Regarde ici, je veux que tu rencontres Laura !

Ethan grimaça.

"C'est gentil de ta part, Vin, mais vraiment je ne peux pas. Je dois simplement être à Boston ce soir. Dites-leur, s'il vous plaît, que je suis vraiment désolé, d'accord ? Et que j'espère avoir le plaisir une autre fois. Faites tout bien, comme un bon gars.

"Bien. Mais tu viens à Stillhaven plus tard, n'est-ce pas ?

"Peut être; peut-être dans une semaine ou deux.

« C'est pourri ! Écoute, Eth, je ne peux pas intervenir ? Je ne sais pas ce qui se passe et je ne le demanderai pas, mais si je peux vous aider d'une manière ou d'une autre... »

« Bien sûr, vieil homme. Si tu pouvais, je le dirais. Mais il n'y a rien de mal. Je t'expliquerai plus tard. C'est bon."

"J'en doute. Mais c'est vous qui savez le mieux, j'ose dire.

Ils se tournèrent d'un commun accord et retournèrent vers l'auberge. Vincent rompit à nouveau le silence.

« Au fait, je ne t'ai pas tout dit, Eth ; Je suis engagé."

« Quel diable tu es ! Ethan simula une intense surprise.

"Ouais!" Vincent sourit triomphalement.

"À qui, espèce d'idiot?"

« Pourquoi, je ne te l'ai pas dit ? À Laura Devereux. Ce sont ces gens dont je parlais. Ils ont Les Mélèzes. Vous le saviez!"

"Oui, mais... quand est-ce arrivé ?"

«Il y a environ une heure. Je n'avais pas l'intention de le faire aujourd'hui, mais... arrête, Eth, je devais simplement le faire ! C'est la meilleure fille du monde, mon vieux, et la plus jolie aussi. Je veux que tu la voies. Quand vous le ferez, vous comprendrez. Je lui ai parlé de toi et elle veut que je t'amène ce soir.

"J'espère que tu seras très heureux, Vin." Là, dans la route déserte, ils se serrèrent la main très gravement, malgré leurs visages souriants. « Et félicite-la aussi, vieil homme. Vous êtes plutôt quelqu'un de bon, parfois. Et bien sûr, je te demanderai de m'emmener la voir dès mon retour. Je vais devoir me mettre du bon côté d'elle pour qu'elle me laisse venir te voir de temps en temps quand tu seras marié. Quand est-ce que ça sera ?

« Ne sois pas un con ! » grogna Vincent. « Quant à savoir quand, eh bien, nous n'avons pas encore réglé ce problème. Peut-être que ce ne sera pas avant le printemps ; J'imagine qu'elle préfère attendre jusque-là. Et je devrais aussi d'abord arranger les choses, ajouta-t-il vaguement.

"Oh, il ne vous faudra pas longtemps pour brûler quelques lettres et photographies", répondit Ethan avec désinvolture.

« Allez au diable ! Est-ce qu'on mange maintenant ?

Après le dîner, ils s'assirent ensemble sur le porche jusqu'à ce que Vincent pense qu'il pourrait se risquer à retourner aux Mélèzes, et Ethan écouta patiemment et avec un enthousiasme tenté les doux délires de son ami. Vincent était ridiculement heureux.

« C'est tellement drôle ! » répétait-il sans cesse. "Il y a quelques heures, j'étais mort de peur, de peur qu'elle ne m'ait pas, et maintenant———"

"Et maintenant tu es fichu", termina Ethan.

"Riez si vous voulez", répondit joyeusement Vincent. «Je m'attendais à ce que tu le fasses. Je pensais que tu serais pire que toi, mon vieux. Mon heure viendra !

"Quand c'est le cas, tu me le fais savoir", se moqua Ethan.

« Écoute, j'aimerais que tu abandonnes cette affaire de Boston et que tu m'accompagnes ce soir, Eth. Je... il y a une raison.»

« C'est absurde, tu es au-delà de la raison. En plus, je ne peux pas y renoncer, Vin. Désolé; si seulement je pouvais."

« Oh, va aux flammes ! Tu pourrais si tu le voulais. Écoutez, je vous donne toutes les chances que vous ayez été attrapé vous-même ! Vous avez rencontré une fille ici, elle est rentrée chez elle et vous la poursuivez ! Tu devrais être plus fier, Eth !

«J'ose le dire, M. Solomon. Au fait, je ne veux pas vous presser, mais il est presque deux heures et demie, et... »

« C'est un diable ! » Vincent se leva d'un bond et Ethan rit bruyamment et cruellement. Vincent le regarda un instant avec étonnement puis le rejoignit.

"Parlez de marquage!" rigola Ethan.

"Tu ne l'as pas vue, vieux moqueur", répondit son ami.

Un peu après trois heures, Ethan jeta ses bagages dans la voiture, monta à côté de Farrell, imperturbable, et fit pivoter le gros monstre bleu vers Boston. Et pendant qu'il parcourait les longs kilomètres, Ethan, les mains sur le volant, regardait misérablement renfrogné et s'efforçait honnêtement d'oublier qu'il était déjà tombé sur Arcady.

XI.

Quelques jours plus tard, Ethan entra dans le bureau du cabinet d'avocats à Providence, accrocha son chapeau à un crochet dans le placard et demanda doucement son bureau. Les membres du cabinet en discutèrent plus tard dans l'intimité du bureau intérieur.

"On dirait qu'il est sérieux, de toute façon", suggéra l'aîné. « Apparemment, le travail ne vous fait pas peur, hein ?

"Il y a quelque chose de drôle là-dedans", a répondu le junior, un peu pessimiste. "Ce n'est pas comme si un type de son espèce abandonnait son été et se mettait à lire le droit en juillet." Il secoua la tête avec appréhension. "Ça ne durera pas, croyez-moi sur parole."

Mais c'est le cas. Les affaires étaient au ralenti malgré la chaleur et Ethan avait tout le temps de lire ; et il en a profité au maximum. Plusieurs lettres lui parvinrent de Vincent lui rappelant sa promesse et le pressant de venir passer un moment à Stillhaven . Mais Ethan invoquait toujours la pression de ses devoirs, jusqu'à ce que Vincent, dont le propre dossier juridique traînait depuis un an et qui n'avait pas encore trouvé d'affaires pressantes, se sente plus convaincu que jamais que son ami avait, pour reprendre sa propre expression, "venu un cropper en quelque sorte !

En septembre, Vincent descendit en courant et passa le dimanche. Ethan ne le pressa pas de revenir, car sa conversation n'était pas de nature à réconcilier un amant déçu avec son sort. Les Devereux étaient toujours à Riverdell , mais retournaient dans leurs appartements de Boston le dernier du mois.

"Elle ne t'a pas pardonné de ne pas appeler", prévint Vincent, "et tu devras manger de la terre quand tu la verras, mon vieux."

Ethan a exprimé sa totale volonté de ramper, mais a catégoriquement refusé de fixer une date pour la procédure. Vincent partit un peu vexé, et pendant quelque temps il y eut entre eux une fraîcheur perceptible. Ethan le regrettait, mais il n'était pas encore prêt à se confier dans le rôle d'ami de Vincent.

Ses premières vacances depuis qu'il était parti travailler ont eu lieu début octobre. Puis une lettre d'un agent immobilier qui avait loué sa propriété lui conseilla de se rendre à Riverdell . Il a quitté Providence, avec Farrell, en voiture un vendredi matin, avec l'intention de rester à Riverdell pendant la journée de samedi, et à deux heures, il a fait entrer la machine par la grande porte de The Larches. Cela avait été une journée glorieuse et rapide, ils avaient réalisé un temps record et le moral d'Ethan était au plus haut. Mais maintenant, tandis qu'ils avançaient lentement dans l'allée circulaire, de vieux souvenirs s'affirmaient et l'entrain faisait place à la dépression. Les érables étaient enflammés sous le soleil de l'après-midi, la vigne vierge autour des porches était d'un cramoisi radieux et le long de la pergola d'un blanc brillant, des grappes de raisins violets brillaient encore. Mais malgré tout cela, les Mélèzes avaient un air solitaire. Les fenêtres de l'étage inférieur étaient fermées et parlaient avec éloquence de la désertion.

L'appel d'Ethan à la cloche est resté sans réponse pendant un certain temps. Puis des pas résonnèrent sur les carreaux de marbre à l'intérieur et la grande porte s'ouvrit, révélant une femme confortablement grosse, au double menton, qui essuya ses mains humides et rouges sur son tablier en calicot bleu.

"Eh bien, M. Ethan!" s'exclama-t-elle.

"Oui, c'est moi, Mme Billings," répondit-il. "Farrell, amène la voiture à l'écurie et je demanderai à William de t'ouvrir."

Il entra dans la salle faiblement éclairée, déjà remplie du froid de l'hiver qui approchait, et regarda autour de lui. Tout était apparemment pareil malgré sa récente occupation. La maison avait été louée meublée, et visiblement les Devereux s'étaient contentés de laisser les choses telles qu'ils les avaient trouvées. Il ôta son manteau et le jeta sur le grand canapé démodé en acajou. Mme Billings, la gouvernante, bavardait toujours avec volubilité.

"Si nous avions su que vous veniez, monsieur, nous aurions ouvert les stores et allumé les feux."

"Peu importe", répondit Ethan. « Demandez à votre mari d'allumer un feu dans la bibliothèque et dans ma chambre. Je ne serai pas là au-delà de dimanche matin. Vous pouvez me donner mes repas à la bibliothèque. Il y a environ un jour, j'ai reçu une lettre de Stearns m'informant que les Devereux étaient partis et me demandant si je voulais louer pour l'hiver. Je ne le crois pas. Je ne pense pas du tout que je louerai à nouveau. Eh bien , comment allez-vous, vous et votre bon à rien de mari ?

« Bien, monsieur, pour moi, merci. Et Jonas, il n'est pas du genre à se plaindre , monsieur, mais il a des rhumatismes quelque chose d'horrible par temps pluvieux. Et comment va votre santé, M. Ethan ?

« Je suis en très bonne santé, merci. Où est ton mari ?

« Je vais l'appeler, monsieur, immédiatement. Il est quelque part sur le terrain, monsieur. Et j'allumerai un feu en un rien de temps, monsieur. Il sera très heureux de vous voir, monsieur, n'est-ce pas Jonas. Elle s'arrêta au bout du couloir et baissa la voix jusqu'à un murmure rauque. « Je crains qu'il ne vieillisse et qu'il échoue, M. Ethan », dit-elle avec découragement. "C'est— c'est son chef, monsieur."

"Hein?"

"Oui Monsieur. C'est au cours du mois de juin, M. Ethan, ou peut-être au début du mois suivant, monsieur, qu'il est arrivé assez excité et sauvage, disant qu'il vous avait vu de ses propres yeux vers le bosquet là-bas. Oui Monsieur. « Jonas, dis-je, c'est le soleil. « Non, « souillure », dit-il. « Je l'ai vu de mes propres yeux, dit-il, debout sous les arbres. Et quand j'ai regardé à nouveau , il avait disparu", dit-il. Cela m'a fait un sacré choc, monsieur, comme vous pourriez dire.

"Naturellement. Et depuis, vous n'avez observé aucun autre symptôme ?

"Non, monsieur, pas particulièrement, mais il semble effectivement beaucoup plus friand de ses victuailles qu'avant, et j'ai entendu dire que c'est un signe certain d'un intellect défaillant, M. Ethan."

"Dans le cas de vos victuailles, Mme Billings", répondit Ethan, "je dirais que c'était une indication de sagesse."

La gouvernante se releva et rayonna.

"Mais, vraiment", continua Ethan en souriant, "je ne m'inquiéterais pas pour Billings. Le fait est que je suis resté ici pendant environ un jour à peu près au moment dont vous parlez.

« Ici, monsieur ? Et vous n'êtes jamais venu nous voir, monsieur ?

« Il y avait… euh… il y avait des raisons, Mme Billings. Et maintenant, qu'en est-il de ce feu ? Et envoyez votre mari ouvrir la remise, s'il vous plaît.

« Oui, monsieur, directement, monsieur. Et Jonas vous a vraiment vu, M. Ethan, comme il l'a dit ?

"Je pense que c'est plus que probable, Mme Billings."

« Eh bien, cela me libère d'une grande charge, monsieur. Le ramollissement du cerveau est vraiment malheureux !

Plus tard, juste au crépuscule, Ethan sortit de la bibliothèque et se dirigea vers le large porche pavé de ciment situé sur le côté de la maison. S'arrêtant pour allumer une cigarette, il descendit les marches de pierre jusqu'à la pergola et la parcourut tout au long de sa longueur. Les feuilles mortes bruissaient doucement sous ses pieds et les grappes violettes montraient les effets du gel. Une fois hors de la tonnelle, ses pas le conduisirent presque inconsciemment à travers la pelouse ouverte, rousse maintenant et striée des longues ombres sombres des arbres. Il s'est retrouvé influencé par deux désirs ; l'un pour revoir le bassin aux lotus, l'autre pour l'éviter. Il traversa le bosquet crépusculaire, rempli d'une tristesse douce, j'avais presque dit agréable. Sous mes pieds, le sol était tapissé de feuilles rouges d'érables. Çà et là, un bouleau blanc se dressait comme une flamme d'or pâle dans le soleil mourant. Seuls les mélèzes vert foncé restaient inchangés.

La piscine était malheureusement différente. Des nénuphars jaunissants flottaient à la surface, mais aucune fleur ne captait les rayons obliques du soleil. Ethan s'assit sous le saule, prit ses genoux dans ses bras et souffla des couronnes de fumée bleue dans la lumière ambrée. Bientôt, une présence fantôme vint s'asseoir à côté de lui. La présence avait des yeux violets et des lèvres rouges et rouges qui souriaient avec nostalgie. Il ne tourna pas la tête, car il savait que s'il le faisait, il se retrouverait de nouveau seul. Et bientôt ils parlèrent.

« Vous avez été très cruel », dit-il tristement.

"Je ne voulais pas l'être", répondit-elle.

"Non, je ne pense pas que tu l'aies fait. Vous—vous n'avez tout simplement pas réfléchi, je suppose. C'était un peu amusant avec vous. Mais… ça a joué au diable avec moi.

"L'a fait?" » demanda-t-elle avec regret.

« Mais je ne vous en veux pas, maintenant », poursuivit-il. «Je l'ai fait au début. Cela semblait inutilement cruel et sans cœur. Mais je comprends maintenant que tout était de ma faute. Vous voyez, chérie, je tenais pour acquis, pensais-je, que vous vous souciiez de ce que je faisais. C'était ma stupide vanité.

Il crut entendre un petit sanglot à côté de lui, mais il résista à la tentation de se retourner et de regarder.

"Si seulement il n'y avait pas eu ce baiser," continua-t-il rêveur. « Ça… je n'ai jamais vraiment compris ça. Parfois – j'ose dire que c'est encore une fois ma vanité – mais parfois je ne peux m'empêcher de penser que tu t'en souciais – un peu – à ce moment-là ! C'est ce qu'il y a de plus difficile à pardonner, ma chère, et à oublier ce baiser. Sans ce souvenir, je pense que je pourrais mieux le supporter. Pourquoi as-tu fait ça? *Pourquoi?* »

Il n'y avait pas de réponse sinon le soupir d'une petite brise qui dévalait la pente en une pluie flottante de feuilles mortes.

"Ah, mais je veux savoir!" insista-t-il avec obstination. « C'était juste pour m'amuser ? Etait-ce simplement par pitié ? Cela n'aurait pas pu être le cas, je vous le dis ! Tu ne m'as jamais embrassé comme ça par pitié, chérie ! Il y avait de l'amour dans tes yeux, chérie ; Je l'ai vu; des brasses au fond de ce crépuscule pourpre ! Amour, tu entends ? Vous ne pouvez pas le nier, vous ne pouvez pas ! Et tu as tremblé dans mes bras ! Pourquoi as-tu fait ça?" » demanda-t-il brusquement.

Il se tourna impétueusement et soupira. Il était tout seul. La présence avait fui.

Il jeta la cigarette morte dans sa main et frissonna. La brise grandissait à mesure que la journée passait, une brise fraîche d'octobre chargée de l'arôme lourd et mélancolique des feuilles mourantes. Il se leva et revint sur ses pas jusqu'à la maison.

XII.

Ethan but la dernière goutte d'un excellent café noir dans la petite tasse et fit pivoter sa chaise pour faire face aux bûches crépitantes joyeusement dans la cheminée de la bibliothèque. Il avait apprécié son dîner et commençait à se sentir délicieusement reposant et somnolent. La journée passée en plein air, avec le vent qui soufflait autour de lui, le repas copieux et maintenant les flammes dansantes produisaient leur effet naturel. Il attrapa paresseusement son étui à cigarettes, son regard voyageant paresseusement sur la haute cheminée au-dessus de lui. Puis sa main était tombée de sa poche et il se levait, scrutant attentivement une petite photographie cachée à moitié hors de vue derrière l'un des vieux lanceurs de Liverpool qui flanquaient l'horloge. Un instant après, il l'avait dans ses mains et se penchait dessus à la lueur du lustre.

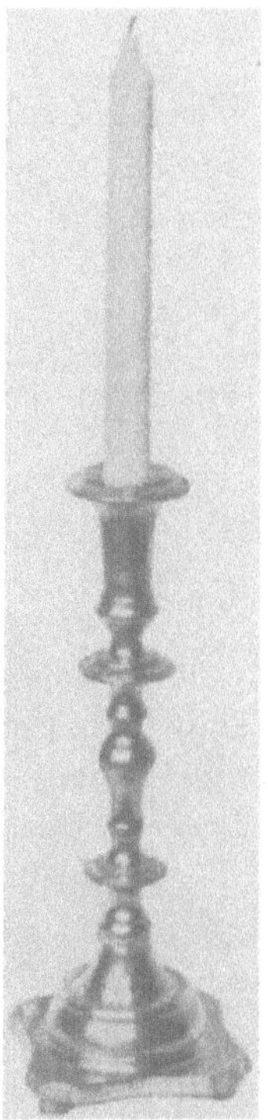

C'était évidemment une production amateur, mais c'était bien pour autant. Et Ethan ne se préoccupait pas du tout de son origine, de ses mérites ou de ses défauts. Il lui suffisait qu'elle représentât une petite silhouette gracieuse en blanc sur un fond de feuillage, et que les yeux qui regardaient droit dans les siens sous les cheveux ondulants aux filets d'or étaient les siens. C'était Clytie. Une main reposait doucement sur une gerbe de fleurs d'azalée, un pied nu en sandale brillait sous les plis blancs et droits du péplum et les lèvres étaient entrouvertes dans un petit sourire surpris. Ethan le dévora avec impatience tandis que son cœur brillait et lui faisait mal à la fois. Il se souvient lui avoir dit qu'il aimerait voir ces photos, et il s'est souvenu de sa réponse riante : « J'ai bien peur que tu ne le verras jamais ! Et maintenant, il en regardait un, après tout ! Et il regardait encore quand le jardinier entra avec le panier à bois rempli.

« D'où cela vient-il, Billings ? » » Demanda négligemment Ethan.

Billings déposa son fardeau et se dirigea vers la table. C'était un petit homme, âgé d'environ soixante ans, avec son visage buriné par les intempéries et ridé par d'innombrables petites rides aimables. Cependant, malgré son âge, il ne présentait aucun signe de dégénérescence mentale que craignait sa femme. Il vint et regarda d'un air myope la carte qu'Ethan lui tendait.

"Eh bien, monsieur, Lizzie est tombée sur ça dans l'une des pièces à l'étage alors qu'elle faisait le ménage après le départ des gens et elle l'a mis sur la cheminée ici, pensant que peut-être il avait de la valeur et qu'ils le renverraient."

"Je vois." Ethan le posa sur la table, les yeux toujours fixés dessus. «Je ne pense pas qu'ils en voudront. Il ne fait aucun doute que Miss Devereux en a bien d'autres.

"Oui Monsieur; ils en ont pris beaucoup, monsieur, à eux deux.

"Ils? Oh, elle avait un ami avec elle ?

"Oui Monsieur. Mlle Hoyt. Je me souviens quand ils les prenaient , monsieur. C'était au début de l'été, peu après leur arrivée. Les jeunes dames s'habillaient avec ces drôles de choses — un peu comme des draps, monsieur... » La voix du jardinier devint légèrement désolée, comme s'il n'avait pas tout à fait approuvé de tels agissements — « et il sortit sur la pelouse un jour . matinée. Ils m'ont demandé de couper un peu de branches, monsieur, ici même.» Billings a indiqué le coin supérieur gauche de l'image. « Elle a dit qu'elle devait avoir plus de lumière. Ce n'était pas grand-chose, monsieur ; juste quelques vieilles brindilles ; aucun mal n'a été fait, monsieur.

"Bien sûr que non. C'était... Miss Devereux vous l'a demandé ?

"Oui Monsieur; Miss Laura, ils l'ont appelée. Une jeune femme très agréable, monsieur.

"Très agréable, Billings", acquiesça Ethan avec un soupir.

« Vous la connaissez donc, monsieur ?

« Je… à peine ça ; Je l'ai rencontrée.

"Oui Monsieur." Billings se tourna vers le feu. "Dois-je déposer une autre connexion, monsieur?"

"Non, je vais me coucher très prochainement."

"Très bien, monsieur." Billings a réparé le feu, a remplacé les pinces et s'est à nouveau redressé avec précaution, riant avec réminiscence. Puis, trouvant le regard interrogateur d'Ethan sur lui, il dit : « elle m'a emmené, monsieur, aussi, avec son appareil photo .

"Vraiment? J'aimerais voir la photo.

"Merci Monsieur. C'est dans la cuisine. Dois-je le chercher ? Lizzie dit que c'est une ressemblance très parlante , monsieur, sauf que j'ai été un peu surpris, pour ainsi dire, et que je n'ai pas eu le temps de me rafraîchir.

"Oui, apportez-le par tous les moyens."

Le jardinier s'éloigna précipitamment et Ethan se tourna de nouveau vers la photo. Lorsque Billings revint, Ethan dit négligemment :

"Au fait, si votre femme vous pose des questions à ce sujet, vous pouvez lui dire que j'en ai... euh... pris en charge. Ah, c'est la photo, hein ? Eh bien, j'appellerais ça excellent, Billings, excellent ! Vraiment, une ressemblance très parlante. Vous dites que Miss Devereux a pris ça ?

« Oui, monsieur, le même jour, ils prenaient les autres, monsieur. J'avais coupé les branches et j'étais là à regarder, monsieur, et après qu'elle ait emmené celle-là là, monsieur, elle m'a dit : 'Billings, ça vous dérangerait si je prenais'... »

"Pas après qu'elle ait pris ça, Billings", interrompit Ethan, par souci d'exactitude. "Elle n'a pas pris celui-ci, bien sûr."

"Je vous demande pardon, M. Ethan?"

"Pas grave. J'ai seulement dit que tu ne voulais pas dire que c'était après qu'elle ait pris celui-ci ; c'était un autre dont tu parlais.

« Oh non, monsieur, c'était celui-là même, monsieur. Je venais de couper les branches… »

"Tu ne veux pas dire qu'elle a pris sa propre photo, sûrement?" » demanda Ethan avec un sourire.

"Non monsieur."

"Exactement."

"C'est celui que vous avez là, monsieur, elle l'a pris."

"Celui-ci? Maintenant, écoute, Billings, mettons les choses au clair pendant qu'on y est. Voulez-vous dire que Miss Devereux – attention, je parle de *Miss Devereux* – voulez-vous dire que Miss Devereux a pris cette photo que j'ai entre les mains ?

« Oui, monsieur, c'est celui-là. Je venais de couper... »

"Peu importe l'élagage", interrompit Ethan avec une impatience souriante. "Mais dis-moi comment elle a fait."

« Eh bien, monsieur, elle a placé son appareil photo un peu plus loin, monsieur ; il y avait trois petites pattes dessus, monsieur ; et elle a appuyé sur une petite balle en caoutchouc, et la caméra a fait « clic », monsieur, comme ça, monsieur, — « clic ! et--"

"Oui, oui, mais... maintenant, regarde, à quelle distance se trouvait la caméra de... de cet endroit où tu avais coupé les branches ?"

"Une vingtaine de pieds, monsieur, peut-être."

"Eh bien, pourriez-vous me dire comment Miss Devereux a réussi à presser la petite balle en caoutchouc et à entrer en scène en même temps?"

"Monsieur?"

« Ce que je veux dire, » répondit patiemment Ethan, « comment a-t-elle pu être ici... » en tapotant la photo qu'il tenait – « et devant l'appareil photo au même instant ?

C'était évidemment un poseur. Billings se gratta l'arrière de la tête d'un air dubitatif. Enfin,

"Mais elle n'était pas là, monsieur!" il expliqua.

« Ce n'était pas où ? À la caméra ?

"Oui Monsieur; Je veux dire non, monsieur. Elle n'était pas là ! Il montra la photo.

"Je n'étais pas là!" s'exclama Ethan. "Alors comment... arrête, mec, mais voici sa photo !"

"Pardon, M. Ethan?" Billings parut à la fois peiné et perplexe et jeta un rapide regard interrogateur à la table du dîner.

"Je dis, voici sa photo, espèce d'idiot!" répéta Ethan.

« De quelle photo, monsieur ? »

"Eh bien, chez Miss Devereux !"

"Non monsieur."

« Qu'entendez-vous par « non, monsieur ? Je dis--"

Une lumière éclata sur M. Billings.

«Je vous demande pardon, M. Ethan», expliqua-t-il précipitamment. "Je vois votre erreur, monsieur, mais vous avez dit comment vous aviez rencontré la jeune femme, et je pensais que vous aviez compris que ce n'était pas elle, monsieur."

"Quoi? OMS?"

"Ce n'était pas Miss Devereux, monsieur."

"Voulez-vous dire que ce n'est pas Miss Devereux ici sur cette photo ?" s'écria Ethan.

"Oui Monsieur; c'est-à-dire non, monsieur. Ce n'est pas elle, M. Ethan.

« N'est-ce pas… ! Alors qui est-ce ?

« Mlle Hoyt, monsieur. Je pensais que tu étais sous… »

Ethan prit Billings par les bras et le força à s'asseoir.

"Asseyez-vous là et répondez à mes questions, Billings", ordonna-t-il avec enthousiasme. Il présenta la photographie devant le visage alarmé du jardinier.

« Qui est-ce sur la photo ? »

« Miss Hoyt, monsieur, comme je vous le disais… »

"Absurdité! Tu te trompes, mec ! Regardez de près ; prends-le entre tes mains ! Ne répondez pas avant d'avoir bien regardé. Où sont tes lunettes ?

«Je n'en porte pas, monsieur», fut la réponse digne. «Mes yeux, M. Ethan, sont toujours aussi clairs qu'ils l'ont jamais été, monsieur. Eh bien, je peux voir… »

« Oui, oui, je vous demande pardon, Billings, mais j'ai des raisons bien particulières de vouloir en être sûr ! Maintenant, regardez- le bien ! Maintenant, qui est-elle ?

« Mademoiselle Hoyt, monsieur, et si vous deviez me mettre en prison la minute suivante, monsieur, je ne dirais pas le contraire ! Non, monsieur, pas si ma vie en dépendait, monsieur !

"Et ce n'est pas Miss Devereux ?"

« Non, monsieur, et cela ne l'a jamais été ! Eh bien, M. Ethan, Miss Devereux, comme vous devez vous en souvenir, monsieur, est assez grande et mince, comme... comme un jeune bouleau, monsieur, avec des cheveux très foncés. Et Miss Hoyt, monsieur, comme vous pouvez le voir... »

Ethan s'assit dos au feu et alluma une cigarette avec les doigts tremblants.

"Billings," dit-il doucement, "J'ai été un foutu imbécile !"

« Oui, c'est vrai, je n'arrive pas à y croire, monsieur », fut la réponse respectueuse. Mais l'expression de Billings disait le contraire.

"Maintenant, je veux que tu me dises tout ce que tu sais sur Miss Hoyt", dit Ethan. "Au fait, quel était son prénom ?"

« Cicely, monsieur ; Mlle Cicely Hoyt.

"Cicely," répéta doucement Ethan. "Ça lui va bien!"

« Je vous demande pardon, monsieur ? »

"Oh peu importe. Où vit-elle?"

Billings réfléchit un moment en silence.

"Ellington, monsieur," répondit-il triomphalement, visiblement satisfait de sa capacité de mémoire.

« Mais où diable est-ce donc ?

"À propos du centre de l'État, monsieur, je pense."

« Cet état, tu veux dire ? Massachusetts?"

"Oui, monsieur, Massachusetts."

« Et elle était une amie de Miss Devereux ?

"Oui Monsieur. J'ai compris comment ils allaient à l'école ensemble. Et le père de Miss Hoyt, monsieur, est mort il y a quelque temps et a laissé sa mère et elle dans une très mauvaise passe, monsieur. Et la jeune dame est employée dans une bibliothèque à Ellington, si je comprends bien, monsieur, et sa mère est là aussi, monsieur.

"Dans la bibliothèque?"

« Non, monsieur, à Ellington. Ils vivaient dans l'Ohio, je crois.

Ethan resta silencieux un moment, fumant furieusement. Alors,

« Dites à Farrell de venir ici immédiatement, Billings. Et je vous suis très reconnaissant de ce que vous m'avez dit. Oh, attends, Billings ! Jetez d'abord une autre bûche sur le feu. Je ne veux pas que ça sorte ; toi et moi avons beaucoup de choses à dire ce soir !

Farrell arriva rapidement.

« Savez-vous où se trouve Ellington, dans le Massachusetts ? » demanda Ethan.

"Oui Monsieur."

"Combien de temps dure une course?"

Farrell sortit une carte routière de la poche de son manteau et se pencha dessus à la lumière.

"Eh bien, M. Parmley , je ne sais pas comment sont les routes maintenant, monsieur, mais en supposant qu'elles soient en assez bon état, nous devrions le faire dans environ deux heures et demie."

"Alors si nous partions d'ici à sept heures du matin, nous arriverions à Ellington à midi ?"

"Je n'y peux rien, monsieur, sauf accident."

"Il ne doit pas y avoir d'accidents", répondit Ethan, un peu déraisonnable.

"Je ferai de mon mieux, monsieur."

« Soyez donc prêt à partir à sept heures ! »

"Très bien, monsieur."

Farrell sortit et tandis que la porte se refermait doucement derrière lui, Ethan, la photo à la main, se jeta sur la chaise devant le feu et rayonnait de bonheur devant les flammes.

XIII.

La bibliothèque était remplie du crépuscule pâle d'un jour de pluie. Depuis le petit matin, le sommet du mont Tom, à une douzaine de milles à l'ouest, était enveloppé de lourds nuages plombés, et depuis deux heures la tempête, voyageant le long de la vallée du Connecticut, inondait les pentes avec une férocité automnale.

Par les fenêtres inondées de pluie, une lumière blanche et froide entrait, inondant la salle d'entrepôt avec ses gradins de fer de volumes endormis, et, ici, au comptoir en forme de barrière, illuminant faiblement les cheveux bruns rebelles de la jeune fille qui, la plume à la main, penché sur la pile de fiches de catalogue. La bibliothèque était très calme, si calme que la sibilation de la plume en mouvement paraissait terriblement forte. De temps en temps, le bruissement d'une feuille qui tournait ou le raclement de pieds sur le sol retentissaient du coin de la porte voûtée où était assis un occupant solitaire de la salle de lecture. A part ces deux-là, la bibliothèque était déserte. Les aiguilles de l'horloge au-dessus de la plaque commémorative indiquaient midi et quart et le garçon de pile et l'assistant bibliothécaire étaient tous deux partis à leur déjeuner.

Un grattage de pieds plus prolongé, suivi du bruit d'une chaise en mouvement, poussa la jeune fille au bureau à relever la tête et à s'arrêter dans son travail. Un petit froncement de sourcils d'agacement se forma puis fit place à un sourire de résignation humoristique tandis que des pas résonnaient dans le silence résonnant. De la salle de lecture sortit un jeune homme grand et mince d'une vingtaine d'années, un jeune au visage pâle et cadavérique éclairé par une paire d' yeux bruns patients et contemplatifs qui semblaient étrangement incongrus et déplacés. Il portait deux livres qu'il posa sur le comptoir en s'excusant.

"Excusez-moi, Miss Hoyt," dit-il doucement.

"Oui, M. Winkley?" » demanda-t-elle en levant les yeux.

« Je suis vraiment désolé de vous déranger, mais pourriez-vous me laisser avoir l'Anatomie de la mélancolie de Burton ? »

"Avez-Qu'avez-vous dit, s'il vous plaît?" elle a demandé avec surprise .

« Anatomie de la mélancolie de Burton, s'il vous plaît », répéta-t-il de sa voix patiente. Elle se retourna précipitamment et disparut dans la réserve. Une fois hors de vue, elle s'appuya contre l'une des valises et rit silencieusement et hystériquement.

« Oh », pensa-t-elle, « s'il ne l'arrête pas et ne s'en va pas, je devrai... je deviendrai folle !

Bientôt, avec un dernier soupir, elle passa le dos de sa main sur ses yeux et continua son chemin dans l'allée en béton à la recherche du volume. Au comptoir, le jeune homme, livré à lui-même, la regarda pendant qu'elle était en vue, puis se pencha pour examiner les cartes soigneusement rangées. Elle avait laissé son mouchoir à côté de son ouvrage. Avec un regard craintif autour de lui, il tendit la main, le ramassa et, d'un mouvement rapide et véhément, le pressa contre ses lèvres fines et sans sourire. Il resta ainsi un moment, ses yeux marron regardant largement à travers la fenêtre embrumée par la pluie, comme s'il avait des visions. Puis, tandis que ses pas revenaient vers lui, il remit le mouchoir à sa place, se redressa et attendit.

« Le voici, M. Winkley, » dit-elle sobrement.

"Merci. Je suis désolé de vous déranger, » répondit-il gravement.

« C'est seulement pour cela que je suis ici », répondit-elle froidement en reprenant sa plume. Il resta un instant à regarder la tête penchée. Puis, soulevant l'Anatomie de la Mélancolie sur le comptoir, il se tourna et retourna lentement et sans bruit vers sa table. Mais tandis qu'il s'éloignait, le fantôme d'un soupir tremblait dans le silence.

La jeune fille leva la tête avec un regard désespéré vers la salle de lecture, enfonça violemment sa plume dans l'encrier et continua d'écrire. L'horloge tournait lentement et doucement. La pluie *ruisselait* contre les fenêtres.

Mais bientôt un nouveau bruit se fit entendre. Faible au début, elle grandit avec insistance jusqu'à ce que la jeune fille l'entende et relève de nouveau la tête et écoute avec une nouvelle lumière dans ses yeux violets.

Chug-chug, chug-chug-chug, chug-chug !

Les automobiles ne sont pas courantes à Ellington, surtout après le départ de la colonie d'été, et l'approche de celle-ci apporta une teinte de couleur aux joues douces et un battement au cœur du bibliothécaire. Si souvent, au cours des trois derniers mois, elle avait écouté, avec des oreilles tendues, le halètement d'une automobile sur la route en contrebas ! D'habitude, le bruit s'était à nouveau atténué au loin, et elle s'était dit, en soupirant, qu'elle était très heureuse. Mais aujourd'hui, les bruits augmentaient à chaque instant. Le *chug-chug* était maintenant plus lent et plus laborieux ; la voiture avait quitté la route du village et gravissait l' allée de gravier qui menait à la bibliothèque. Chaque battement apportait un battement de réponse venant de son cœur.

Oh, c'était idiot ! se dit-elle avec colère. Et elle ne voulait pas que cela arrive ! Elle espérait que non ! Résolument, elle recommença son travail, mais le bruit de la machine qui approchait semblait remplir le monde d'un tumulte sonore. Puis, à portée de main, les *bouffées mesurées* devinrent soudain précipitées et incohérentes, comme si le monstre intrus était violemment furieux d'être arrêté. Alors… silence, épouvantable, sinistre ! Le visage blanc, la jeune fille se pencha plus près de son bureau, sa plume traçant des chiffres et des lettres frémissantes. La porte extérieure s'ouvrit et se referma avec un bruit sourd. Elle entendit le *bruissement… le bruissement* des portes intérieures alors qu'elles s'ouvraient vers l'intérieur et vers l'arrière. Des pas fermes résonnaient sur le parquet en chêne. Ils étaient très différents du pas doux des habitués de la bibliothèque, et ils avaient un caractère déterminé et résolu qui faisait paniquer le bibliothécaire aux cheveux bruns. Oh, comme elle aurait aimé s'enfuir pendant qu'il en était temps ! Elle ne doutait plus ; l'inattendu, qui avait toujours été attendu, s'était produit ; la chose qu'elle avait redoutée et qu'elle avait toujours espérée était arrivée. Les marches se rapprochaient, directement de la porte, méprisant les chemins plus longs et plus silencieux que formaient les nattes en fibre de cacao . La tête brune était toujours penchée sur le bureau. Puis les pas s'arrêtèrent. Un silence terrible s'abattit sur la pièce. Il n'y avait aucune aide pour cela.

Lentement, à contrecœur, la jeune fille releva la tête.

XIV.

S'ils avaient vécu à l'Âge de Pierre, cette rencontre aurait pu s'avérer bien plus intéressante à des fins de description. Dans l'état actuel des choses, tous deux étant des personnages assez conventionnels du XXe siècle, l'affaire était d'une banalité décevante.

"Comment allez-vous, Miss Hoyt?" » demanda-t-il en souriant calmement et en tendant la main par-dessus le comptoir. Et,--

« Pourquoi, M. Parmley ! » répondit-elle en posant un instant sa main dans la sienne.

Un observateur attentif, et vous et moi, lecteur patient, sommes fiers de l'être, aurait peut-être remarqué que, malgré les paroles banales et les manières non embarrassées, les joues de l'homme avaient une teinte de couleur inhabituelle et le visage de la jeune fille était plus que d'habitude pâle. Et si nous avions eu le privilège d'un médecin d'examiner le fonctionnement du cœur à ce moment-là, nous nous serions redressés avec des sourires très complices.

« Je suis venu, dit-il tandis que sa main douce s'éloignait de la sienne, pour rendre un livre. Est-ce le bon endroit?"

"Oui," répondit-elle vivement.

"Merci. Je ne connais pas grand-chose aux bibliothèques ; Je les évite toujours autant que possible car ils sont un peu trop excitants. Il sortit un petit livre de la poche de son manteau et le posa sur le comptoir. « J'ai bien peur qu'il y ait une bonne affaire à payer. Il est sorti depuis un bon moment.

Une teinte de couleur apparut sur ses joues alors qu'elle prenait le volume. C'était une copie des « Sonnets d'amour des Portugais ».

"Oh, je vais te laisser partir," répondit-elle gaiement. « Nous remettons parfois les amendes lorsque l'excuse est bonne. »

"Merci. Mon excuse est excellente. J'ai découvert hier l'identité du prêteur.

"Seulement hier?" » demanda-t-elle négligemment, mais avec un cœur qui s'emballait.

"Pour être exact, vers huit heures hier soir." Il baissa la voix et se pencha un peu plus par-dessus la barrière. "Vous voyez, Miss Hoyt, vous m'avez très bien trompé."

« Excusez-moi, M. Parmley , vous vous êtes trompé. Je vous l'ai dit… du moins, je n'ai jamais dit que j'étais Laura Devereux.

« Non, tu ne l'as pas fait, mais… je me demande pourquoi j'étais si certain que tu l'étais ! Si je n'avais pas été… »

« Je vous demande pardon, Miss Hoyt, mais pourriez-vous s'il vous plaît me laisser les poèmes de Swinburne ? »

C'était le lecteur solitaire. La jeune fille disparut dans le débarras, laissant les deux hommes se livrer à un examen furtif et, au moins d'une part, amusé. Le pâle jeune homme, cependant, ne montrait aucun amusement ; son regard exprimait plutôt la suspicion et le ressentiment. Ethan, incapable de croiser ce regard sinistre sans sourire, tourna la tête. Ensuite, le bibliothécaire est venu avec le livre désiré.

« Merci, Mlle Hoyt ! » dit le lecteur. Avec un dernier regard d'inimitié naissante envers Ethan, il retourna à sa solitude. Ethan regarda Cicely d'un air interrogateur.

"Il est parfaitement horrible!" répondit-elle désespérée. « Il reste ici des heures et des heures à la fois. Je ne crois pas qu'il mange jamais quoi que ce soit. Et il réclame sans cesse des livres, depuis les Vies de Plutarque jusqu'à… jusqu'à Swinburne ! Je pense qu'il essaie de lire le catalogue d'un bout à l'autre. Et il est venu tout à l'heure pour… qu'en pensez-vous ?... L'Anatomie de la Mélancolie !

Ethan sourit doucement.

"Je ne serais pas trop dur avec lui", a-t-il déclaré. "Le pauvre diable est éperdument amoureux de toi."

Cette phrase rappela des souvenirs… et fit rougir.

"Absurdité! Ce n'est qu'un garçon ! elle a répondu.

"Les garçons ressentent parfois des sentiments très profonds, pour le moment", a-t-il répondu. "Et à en juger par ses lectures actuelles, je dirais que ce temps n'est pas encore passé."

"C'est tellement idiot et ennuyeux!" dit-elle. « Il m'énerve terriblement. Il… il soupire… de la manière la plus déchirante ! Elle rit un peu nerveusement. Puis une minute de silence a suivi.

« Clytie, commença-t-il, je vais t'appeler ainsi aujourd'hui, car je ne me suis pas encore habitué à te considérer comme Cicely. Sais-tu pourquoi je suis venu ?

"Pour rendre le livre", répondit-elle en souriant.

« Non, pas tout à fait. Je suis venu te demander quelque chose.

« Je devrais me sentir flatté, n'est-ce pas ? C'est bien loin de Providence, n'est-ce pas ?

« En supposant que nous ne fassions pas semblant, » répondit-il gravement. « Nous sommes allés trop loin pour rendre cela possible, vous ne trouvez pas ? Et j'ai eu un été formidable », ajouta-t-il sans conséquence. "Je pensais… tu sais ce que je pensais, chérie?"

"Comment devrais-je?" » demanda-t-elle faiblement.

«Je pensais que tu étais Laura Devereux, et ce jour-là, quand tu n'es pas venu , je suis allé te chercher et je t'ai vu, toi et Vincent, sur le porche. Et ensuite, il m'a dit qu'il était fiancé à Miss Devereux, et… ne voyez-vous pas ce que cela signifiait pour moi ? Et hier, je l'ai découvert, tout à fait par hasard, et… » Il tendit la main et lui saisit la main avec un petit rire de pur bonheur – « Depuis, je n'ai pas dormi un clin d'œil ! Je—je pensais que je n'arriverais jamais ici; les routes étaient des bourbiers !

"Oh, pourquoi es-tu venu?" » demanda-t-elle misérablement.

"Pourquoi? Bon Dieu, tu ne sais pas, ma fille ? Il se pencha et elle sentit ses lèvres sur la main toujours serrée dans les siennes.

«Oui, oui, je sais», cria-t-elle. « Mais… tu ne dois pas m'aimer ! Vous ne le ferez pas quand je vous l'aurai dit !

"Essaie-moi!" dit-il doucement.

"Je vais. Mais... je ne peux pas si tu as ma main.

"Si je le laisse partir, puis- je l'avoir à nouveau ?" » demanda-t-il d'un ton ludique.

"Vous n'en voudrez pas", fut la sombre réponse. "Quand tu sauras qui je suis vraiment, tu ne voudras plus jamais me revoir."

«C'est absurde», répondit-il fermement. Mais un malaise l'oppressait.

Elle s'éloigna du comptoir jusqu'à ce qu'elle soit hors de portée de ses mains impatientes.

"Je voulais que tu tombes amoureux de moi," dit-elle d'une voix égale, le regardant avec de grands yeux et un visage blanc. «Je voulais que tu me proposes. Je voulais… t'épouser.

Il tendit impétueusement la main vers elle avec un mot d'affection étouffé, mais elle leva la main.

"Attendez! Vous ne comprenez pas ! Je–je ne me souciais pas de toi. J'en avais marre d'être pauvre et… et de tout ça ! Elle balaya du regard la bibliothèque nue et silencieuse. « Avant, nous avions de l'argent », poursuivit-elle d'un ton rapide. « Nous vivions alors dans l'Ohio, du vivant de mon père. Ensuite, je suis venu à l'université dans l'Est. J'y ai rencontré Laura. Nous étions amis presque immédiatement, même si elle était dans la classe devant moi. Je n'ai jamais fini, car mon père est mort et nous a laissé presque sans un centime. J'ai quitté l'université et le père de Laura m'a trouvé du travail ici. J'ai étudié dur et l'année dernière, ils m'ont nommé bibliothécaire. Puis ma mère est venue vivre ici avec moi. Laura a toujours été gentille. Quand mes vacances sont arrivées, je suis allé lui rendre visite aux Mélèzes. Et puis tu… je t'ai rencontré.

Elle fit une pause et baissa les yeux.

"Oui," dit-il doucement. "Et puis?"

« Vous avez dit que vous aviez des biens et que vous... vous aviez l'air gentil et gentil. J'étais tellement fatigué de tout cela. Je voulais… oh, tu sais ? Je voulais avoir de l'argent, assez pour vivre décemment ailleurs qu'ici, dans ce tombeau qu'on appelle une ville. Je m'en fichais. J'ai décidé de vous faire aimer moi. Je suis retourné à la piscine chaque jour juste pour ça, jusqu'à… »

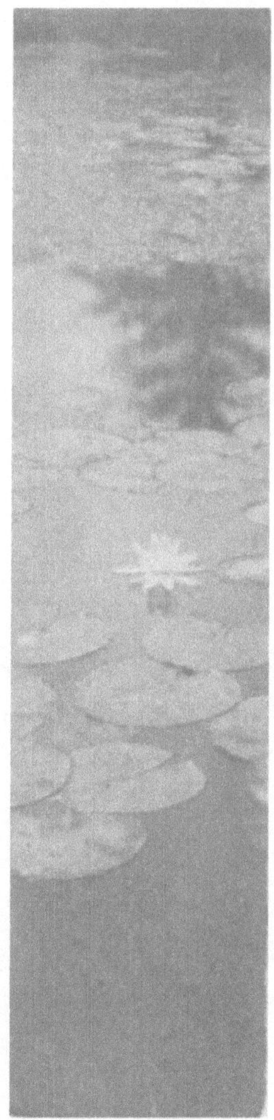

"Bien? Jusqu'à?" » insista-t-il en lui souriant.

«C'est tout», répondit-elle.

« Et tout cela était absolument mercenaire ? Tu ne t'es jamais soucié de moi ?

«Je vous l'ai dit » , répondit-elle.

« Et… ce dernier jour, ma chérie ? C'était pareil ? Alors, tu t'en fichais non plus ?

"Oh, qu'importe ce qui s'est passé après?" s'écria-t-elle avec agitation. « C'est ce que j'avais fait, tu ne vois pas ? C'était la méchanceté, la… la honte !

« Eh bien, mais cet « après » ? Et ça ?

«Rien», répondit-elle fermement.

Le silence tomba un instant. Ils se regardèrent fixement, elle rencontrant son sourire avec défi. Puis la couleur monta de la gorge aux joues et ses yeux baissèrent.

"Cher," dit-il doucement, "Je me fiche de ce qui s'est passé avant" après ". Je t'ai aimé dès le premier instant, mais je ne vais pas m'en vouloir s'il te fallait plus de temps pour découvrir mes charmes irrésistibles. Eh bien, arrête tout ça, je suis fier que tu aurais dû penser que je valais la peine de me marier, même pour mon argent ! Mais « après », chérie ? Quand je t'ai embrassé ? Tu ne peux pas me faire croire qu'il n'y avait pas d'amour à l'époque, Cicely. Et c'est encore « après », et ça le sera toujours ! Cher, Arcadia vous attend. La piscine aux lotus est solitaire sans toi. Et moi aussi, Cicely, Cicely chérie ! »

"Oh, je savais que tu essaierais de me pardonner", cria-t-elle misérablement. « C'est pourquoi je... ne voulais pas que tu viennes. Parce qu'au bout d' un moment, tu te rappellerais et... »

"Cicely!"

"Et tu me détesterais!"

« Cicely ! Regarde-moi, chérie ! Je te veux--"

Des pas doux les parvenaient. Le jeune pâle approchait, les bras chargés de livres. Ethan se mordit la lèvre et se tut.

« Je vous demande pardon, Miss Hoyt, mais cela vous dérangerait-il de me donner... »

Ethan s'avança vers lui.

« Tiens, » dit-il précipitamment, « voici exactement ce que tu cherches. Ce n'est pas un problème du tout. Il força les « Sonnets d'amour des Portugais » entre les mains du jeune homme et l'éloigna doucement mais fermement du comptoir. Le jeune regarda tour à tour le livre et Ethan.

« Comment... comment le saviez-vous ? » balbutia-t-il avec ressentiment.

« Peu importe comment, mon garçon. Vous l'avez. Courir."

Après un moment d'indécision, de nombreux regards silencieux d'interrogation et de sombres soupçons, le jeune s'éloigna à nouveau doucement. Ethan regarda Cicely et ils sourirent ensemble. Puis elle se laissa tomber sur sa chaise au bureau et rit, impuissante, et pleura un peu aussi. Et Ethan ne dit aucun mot jusqu'à ce qu'elle ait pressé le mouchoir contre ses yeux et se tourna de nouveau vers lui. Alors,

"Veux-tu revenir à ta piscine aux lotus, ô Clytie ?" » demanda-t-il doucement.

« Ne ferait-il pas plutôt froid et humide ce temps-là ? » demanda-t-elle avec un petit rire tremblant.

«Je vais le faire chauffer à la vapeur», répondit-il gravement. "J'étais là hier, Clytie, et ça avait l'air très triste sans toi, ma chérie."

"Tu étais là?" » demanda-t-elle avec étonnement.

"Oui. J'ai oublié de te le dire, n'est-ce pas ? Les mélèzes sont à moi, ma chère, et l'étang aux lotus sera à toi pour la vie, si tu me laisses venir parfois m'asseoir à côté de toi sous les arbres de la berge. Veux-tu?"

Elle baissa les yeux.

"Veux-tu?" Il a répété.

"VEUX-TU?" IL A RÉPÉTÉ.

Elle s'approcha, la tête baissée, et posa ses mains, paumes vers le haut, sur le comptoir en chêne. Il les prit et l'attira vers lui. Elle leva vers lui un visage rose, les yeux violets se dirigeant craintivement vers la salle de lecture. Ethan fit une pause et parut pensif.

« Dans les belles bibliothèques, dit-il, il y a ce qu'on appelle des piles ouvertes. Est-ce le cas ici ?

Elle secoua la tête.

"Mais... il pourrait y avoir des exceptions ?"

"C'est possible," répondit-elle doucement.

"Et pensez-vous que le bibliothécaire me permettrait de faire exception ?"

Elle hocha la tête, rougissante et provoquante.

Il se tourna, se dirigea vers le bout du comptoir et écarta le portail battant. A la porte de la réserve, il s'arrêta.

« Je voudrais, dit-il, retrouver ce livre de mythologie où sont relatés les amours de Clytie et de Vertumnus. Pourriez-vous me montrer où le trouver ?

Elle jeta un coup d'œil vers l'entrée de la salle de lecture. Puis elle le suivit.

"Je crois," murmura-t-elle alors que sa main se glissait dans la sienne, "je crois que c'est dans le coin le plus éloigné."

Leurs pas s'éteignirent dans l'allée en béton. De la salle de lecture parvenait le bruit d'une feuille doucement tournée. Ensuite, la bibliothèque était très silencieuse.

www.ingramcontent.com/pod-product-compliance
Lightning Source LLC
LaVergne TN
LVHW041659190726
843493LV00007B/1878